ベリーズ文庫

転生王女のまったりのんびり!? 異世界レシピ

雨宮れん

STARTS
スターツ出版株式会社

目次

転生王女のまったりのんびり!?異世界レシピ

プロローグ……8
第一章　記憶が戻れば人質王女!?……12
第二章　晩餐会での大事件……47
第三章　帝国皇太子が兄貴分……ですか?……81
第四章　市場にお買い物に行きましょう……118
第五章　この気持ちは育ててはいけない……157
第六章　満月宮へ引っ越す理由……199
第七章　リゾルデ豊穣祭、暴かれた罪……238
第八章　それぞれの想いのもとに……277
エピローグ……309
あとがき……314

絶対味覚を持つ転生幼女
イケメンカタブツ皇太子
ヴィオラ・アドルナート
元・家族想いな普通の女子高生、三宅咲綾。転生した現在はイローウェン王国の王女（12歳）。転生前、両親が喫茶店を営んでおり、料理が得意。イローウェン王国の王女であるが、母親は早くに亡くなっている。父の元愛妾で現在王妃であるザーラに疎まれ、オストヴァルト帝国に人質として送り出されることに。使われている食材を完璧に分析できる絶対味覚の持ち主。
リヒャルト・ヴァルツァー
オストヴァルト帝国皇太子。文武両道のクール男子。母が病んでいることから、政治の表舞台に立つことは避けている。甘いものは苦手だが、ヴィオラの作ったスイーツは例外。

転生王女のまったりのんびり!?異世界レシピ

Character Introduction

こじらせ皇帝

アーノルド・ヴァルツァー

オストヴァルト帝国皇帝。身分が低かったために、皇妃として遇することのできなかった亡き妃を今でも愛している(その分正妻であるアデリナや妃であるティアンネに対する対応に問題あり)。

無気力!? クイーン

アデリナ・ヴァルツァー

リヒャルトの母。皇妃として嫁いできたものの、夫の愛は昔からの妃(故人)にあり、リヒャルトが生まれた後はほとんど会話もない。ウルミラ王国出身だが、王国は滅亡しているため、皇妃として立場が弱く、落ち込みがち。

リヒャルトの護衛騎士

セス・ジェリエン

リヒャルト付きの近衛騎士。ティアンネが嫁入りの時に連れてきた騎士・リンデルトの息子。

狙うは皇妃の座!

ティアンネ・セディーン

皇帝の妃(2番目の妻)。トロネディア王国の出身。自分が皇妃の座につくことを目標としていることから、アデリナ皇妃の降格を画策している。

帝国に忠誠を誓う騎士

リンデルト・ジェリエン

セスの父親。オストヴァルト帝国の貴族令嬢と結婚し、現在はオストヴァルト帝国騎士団の近衛騎士団に所属。

お茶目なスーパー侍女

ニイファ

ヴィオラの侍女であり、面倒見のいい姉のような存在。ヴィオラにとっては唯一の味方。

転生王女のまったりのんびり!? 異世界レシピ

プロローグ

ヴィオラは、慎重な手つきで片面の焼けたパンケーキをひっくり返した。厨房にはパンケーキの焼ける甘い香りが漂っている。

厨房にヴィオラがいることに、料理人達は慣れているので、こちらの作業を時々ちらりと確認しつつ、自分の仕事にいそしんでいる。

「ニイファ、お皿を取ってくれる?」

「かしこまりました」

焼きあがったパンケーキを、これまた慎重な手つきでニイファの差し出してくれたお皿に盛り付け、抹茶クリームと粒餡を添えた。

「……できた! どう?」

「とても、おいしそうですよ」

ニイファに感想を求めれば、おいしそうだと断言してくれる。皇妃はヴィオラの作るお菓子を好んで食べてくれるけれど、毎回渡す前にはどきどきしてしまう。

「じゃあ、皇妃様のところに持っていきましょ」

今日は一階にあるサンルームでお茶の時間を過ごすことになっているから、今頃、皇妃の侍女がお茶の用意をして待ってくれているはずだ。

「お待たせしました。どうぞ」

他の場所ではそういうわけにはいかないけれど、皇妃とヴィオラのお茶会の時は、使用人達も同じテーブルにつくことを認められている。

にこにことしながら、皇妃はパンケーキを切り分けて口に運び、ヴィオラに目をやっては、また微笑む。

「ヴィオラ、とてもおいしいわ。このクリームは抹茶よね」

「そうです。お口に合いましたか？」

「ええ。とってもおいしい」

ヴィオラは、皇妃が言い終わるのを待って、パンケーキにナイフを入れた。

口に入れれば、パンケーキのふわりとした食感にバターの香り。そしてそのあと、抹茶の香りが重なるように広がってくる。

「本当においしい」

「ヴィオラ様、また腕を上げられたのでは？」

なんて、皇妃の侍女達が褒めてくれるのは嬉しい反面、照れくさい。

外の風は冷たいけれど、サンルームはぽかぽかとして暖かい。心許せる人達と一緒にテーブルを囲むことができるのが、こんなにも幸せだなんて。

（ここに来るまでは、いろいろなことがあったな）

半年前、ヴィオラが祖国を出てこの国にやってきてから、いろいろなことが起こった。

今、こうして皇妃と同じテーブルを囲むことができるようになったのは、ヴィオラや皇妃が巻き込まれた事件がきっかけだ。

「──母上。ああ、いい香りがすると思ったら、パンケーキを食べているところでしたか」

「──リヒャルト様！」

サンルームに入ってきたリヒャルトは、ヴィオラに向かって長身をかがめる。頭を撫でられて、子供扱いされた。

（私、子供じゃないんだけどな……）

なんて、内心では頬を膨らませるけれど、表情にはそれを出さないようにする。

だって、今のヴィオラは十二歳、子供なのは間違いないのだ。

「リヒャルト様も召し上がりますか？」

「いや、今日は昼食が遅かったんだ。まだ空腹ではないから、パンケーキはやめておこう」

(せっかく上手に焼けたんだけどな)

どうせなら、リヒャルトにも食べてほしかった。

そんなヴィオラの気持ちを、リヒャルトは敏感に感じ取ったのかもしれない。

「いや、一枚だけもらおうか。少しくらいなら食べられそうだ」

「──わかりました」

ヴィオラはワゴンに置かれていた皿からパンケーキを一枚取る。抹茶クリームと餡を添えて、リヒャルトの前に置いた。

ナイフとフォークを取り上げたリヒャルトは、ひと口分を切り取って口に運ぶ。

「うん、うまい」

そんな風に彼が笑みを向けてくれるから、ヴィオラもドキドキしてしまう。

ふたりの様子に皇妃が微笑まし気な目を向けていることにも気づかず、ヴィオラは、パンケーキを頬張るリヒャルトを見ていた。

第一章　記憶が戻れば人質王女⁉

「なんで……？」

目を覚まし、天井を見上げた咲綾《さあや》は呆然とした。

見慣れない天井。

視線を左右に走らせれば、咲綾が今いるのは、小学生の頃から使っている六畳の洋室ではなかった。

おそらく、その三倍以上の広さがある。

部屋の中央に置かれたベッドの周囲には、ふわふわとした薄い布がかけられている。咲綾のとぼしい語彙で表現するならば、これは、お姫様ベッドというやつではないだろうか。

床には落ち着いたグレーのカーペットが敷き詰められている。かけていた布団はものすごく上質な布を使っているらしく、いかにも高級そうなツヤツヤとした光沢があった。

（……っていうか、この手！）

掛布団を握っている手は、妙に小さい。首をかしげると、視界の隅をちらりとかすめたのは、見覚えのある黒髪ではなく、柔らかく波打つ金髪。

(……どういうこと……?)

壁際には、鏡面がピンクの布で覆われた可愛らしいドレッサーが置かれている。そこに駆け寄り、鏡を覆っていた布を払いのけた。

「う、嘘でしょぉぉぉ!?」

そして、今度は絶叫した。

鏡に映っている顔が、自分の知っているものではなかったから。

そこに映っていたのは、黒髪黒目、平凡だけどまぁまぁ可愛らしい平均的日本人、三宅《みやけ》咲綾の顔ではなかった。

淡い金色の髪は、寝起きだというのにちょうどいい具合にふわふわとしている。

大きな緑色の瞳。すっと通った鼻筋に小さな唇。

今はまだ可愛らしい少女だけど、大人になったらさぞや周囲が騒ぐ美貌の持ち主になるだろうと想像させる顔立ちだ。

(ど、どうして……?)

呆然としたまま、鏡にすがりつくみたいにして考え込んだ。

「ヴィオラ様、どうなさいました？」

部屋の外から、若い女の声が聞こえてくる。

（ヴィオラ？　ヴィオラって……）

その名前を聞いた瞬間、頭の中でパチリという音がした気がした。パズルの最後の一片がはめ込まれたように、すべての記憶が一気にあるべき場所へと収まっていく。

そう、今の名前はヴィオラ・アドルナート。三宅咲綾ではない。

だけど、なんで。

どうして、今、この時に。

そんな言葉が頭の中をぐるぐると駆け巡った。

「ヴィオラ様、失礼しますね」

返事をしなかったことに焦れたのか、扉が開かれ、若い娘が入ってきた。

「妙な声が聞こえた気がいたしましたけれど……？」

彼女が身を包むのは、襟と袖口に白い布が使われている以外は、黒一色の地味な服。

茶色の髪は首の後ろでひとつにまとめられている。

「ご、ごめんなさい、ニイファ……私、気が動転していたみたいで」

「動転……？」

〝ヴィオラ〟の言葉を聞いたニイファは、首をかしげた。

その様子を見ながら、ヴィオラはなんとか時間を稼げないかと考える。ニイファを不審がらせてはいけないが、今の状況を整理する時間がほしい。

「お、お友達に、最後の手紙を書くのを忘れていたの。今日書いたら、明日には届けてもらえるかしら」

その言葉に、ニイファは目を大きく見開いた。彼女の瞳に、同情の色がありありと浮かぶ。

「ええ、もちろんですとも！　すぐに手配をいたします。陛下との謁見を済ませたら、出立前にお手紙を書く時間を取りましょう」

「では、急いで支度をしないとね。着替えを用意してもらえるかしら」

「はい、ただちに！」

てきぱきと動き始めるニイファの様子を観察しながら、ヴィオラはこっそりとため息をついた。

（そうよ、咲綾は……きっと〝死んだ〟んだ）

記憶の中、強烈に残っているのは、こちらに向けて猛スピードで暴走してくる車。

逃げることもできずに、ただ、立ちすくんでいた。

それから覚えているのは、衝撃と全身の痛み。これは——生まれ変わった——ということなんだろう。だけど……。

(これって〝詰んだ〟ってやつじゃないの——!)

と、思ってしまっても仕方ないかもしれない。

だって、今日これから〝ヴィオラ〟はこの国を出て、オストヴァルト帝国に向かうのだ。

——人質として。


馬車に酔うといけないからと、朝食は軽いものが用意された。その朝食を、ニイファと一緒にテーブルについて食べる。

この王宮でとる最後の朝食は、ハムとチーズのサンドイッチ。それからオレンジと桃を食べやすい大きさに切ったものだった。パンはふんわりと焼き上がり、食べ頃の果物も甘くておいしい。

紅茶に砂糖とミルクをたっぷりと入れて、ざわざわする気持ちを落ち着けようとした。

朝食のあと、父との最後の謁見のために、ヴィオラは謁見の間に向かう。

ニイファが用意してくれた旅行用のドレスは、灰色に赤いチェックが入った可愛らしいものだった。足首の少し上までくる長さのスカートは、ヴィオラの歩みにつれてゆらゆらと揺れる。

（変なの。今までずっとここで生きてきたのに、初めて来る場所みたい）

王宮最後の朝食をとっている間も、それから、今、こうやって長い廊下を歩いている間も。

ヴィオラは自分の記憶が馴染んでいないことを、自覚せざるを得なかった。

三宅咲綾の記憶では、両親は洋食店兼カフェの『アンジェリカ』を経営していて、朝から晩まで忙しく働いていた。幼い咲綾の面倒を見てくれたのは、同居していた祖母が中心だ。

両親の働く姿を見るのが好きで、いずれは自分が店を継ぐと決めていた。

大学で経営に役立ちそうなことを学ぶだけではなく、調理の専門学校にも通うことを目指して、高校時代のアルバイト代はほとんど貯金してきた。

第一志望の大学に無事合格した咲綾の人生計画は、明るいものだったのだ。合格発表を見たその帰り道、車と激突するまでは。

——それなのに。

「ヴィオラ様?」

立ち止まってしまったヴィオラに、ニイファが困ったような目を向ける。

(そうよね、ニイファを心配させるわけにはいかないもの)

何事もなかったふりをして、ヴィオラはにっこり微笑んだ。

「ごめんなさい。ちょっとボーッとしてた」

「出立前ですもの。気が重くなるのもわかりますわ」

身を寄せ合うようにして生きてきたニイファはヴィオラに同情的だ。

このイローウェン王国と国境を接するトロネディア王国の間に、国境線をめぐる戦が勃発したのは昨年のこと。

半年近く続いた争いに終止符が打たれたのは、オストヴァルト帝国が仲裁に乗り出したからだった。

多数の属国を従え、大陸の中心であると自負しているオストヴァルト帝国は、両国に圧力をかけてきた。これ以上、戦を続けるのならば、帝国としても動かなければならないと。

帝国が仲裁に乗り出してきた背景には、トロネディア王国側に巻き込まれそうになった第三国からの要請があったと噂されている。

現皇帝の妃――五人いるうちのひとり――は、トロネディア王国の出身だ。

彼女の願いもあったのか、帝国は、イローウェン王国に国境の争いを再開しない証として、王族をひとり送るようにと命じてきた。

（オストヴァルト帝国に命じられたら断れないわよね。国の大きさが全然違うんだから）

廊下を歩きながら、ヴィオラはなおも考えをまとめようとする。

この国は属国ではないものの、帝国の勢力は無視できない。

いや、逆らったならば、帝国は容赦なく蹂躙《じゅうりん》にかかってくるだろう。〝咲綾〟には、いまいちピンと来ていないけれど、〝ヴィオラ〟は、自分が行くことで解決するならば、と覚悟を決めていた。

今、よみがえったばかりの記憶を整理すると、そういうことになる。それだけではなかった。

（それに、帝国には各国の王族貴族が集まっているのよね。〝ヴィオラ〟は、そこで生き残るつもりだったみたい）

帝国の都にある皇宮には、大陸中から多数の王族貴族の子弟が集まっているという噂だ。

帝国風の教育を受け、人質としての役割を終えたあとは、皇族との縁談を結ぶのもよし、帰国して帝国と母国の絆となるもよしとされている。要は、それぞれの国の内部から帝国の味方を増やしていこうという算段なのだろう。

戦争になれば多数の犠牲が出てしまう。平和になるのなら、帝国の採っている方針は悪くはないのかもしれない。

（人質として帝国に行くのは、〝私〟にとっても悪いことじゃない……のよね？　このままだと、殺されてしまうかもしれないんだから）

ヴィオラは、今の王妃ザーラの娘ではない。前王妃の娘だ。

両親が結婚する前から父の愛人だったザーラは、母が亡くなった後王妃の地位についた。

父とザーラの間には、ヴィオラにとって異母兄となる王太子、それから、王女である異母妹というふたりの子供がいる。

この国では男女ともに王位継承権を持っているから、本来なら人質として帝国に送られるのは王位継承順位が第三位の異母妹になるはずだ。それなのに、ヴィオラが帝国に行くことになったのは、ザーラにとってヴィオラが目障りな存在だからだ。

その証拠に、物心ついた頃から、ヴィオラは幾度となく不自然な〝事故〟に見舞われてきた。
階段で足を滑らせて転落したり、たまたま寄りかかったテラスの手すりが腐ってい
て崩れ落ちたり。水遊びの時に〝水草〟に足を取られて浮上できなくなったことも
あったし、食用のキノコとよく似た毒キノコが食事に紛れ込んでいたこともあった。
いずれもギリギリのところで重大な〝事故〟に発展せずに済んで、先日十二歳の誕
生日を迎えたところではあるけれど……。
（〝ヴィオラ〟は死にたくないと思っていた。〝私〟だって、そんなのは嫌だ）
考えながら歩き続け、気がついた時には、謁見の間の扉の前に着いていた。ニイ
ファはここから先に立ち入ることができない。
（お世話になりましたっていうより、はじめましてって気分よね……）
なにせ、今朝がた咲綾としての記憶が戻ったところだ。
ヴィオラとしての記憶がまだ馴染んでいないところがあって、父との今生の別れに
なるかもしれないと言われても、胸の痛みなんてほとんどない。
扉が開かれ、ヴィオラはゆっくりと前に進む。
手紙を一通書き終えたらすぐに出立すると事前に連絡するよう頼んであったから、
ヴィオラが王と会うにもかかわらず、正装ではなくて旅装であっても、誰も文句を言

わなかった。

いや、喜んでいたのだろう――厄介者が、この城からいなくなることを。

「お父様――そして、王妃様。ヴィオラ・アドルナート、出立前の挨拶に参りました」

謁見の間の奥は数段高くなっていて、立派な椅子が二脚並んでいる。そこに腰かけているのは、ヴィオラの父であるイローウェン国王とその妃であるザーラだった。

ふたりとも、ヴィオラが出立するというのにさしたる感慨も見せない。

(ザーラはともかく、お父様はもう少しなにかあってもいいんじゃないかしら。私、娘なんだけど……)

冷ややかな父の様子を見ていたら、娘としての愛情なんてどこかに消え失せてしまいそうだ。記憶が戻ったばかりのヴィオラにとっては赤の他人同然だから、よけいに強くそう思うのかもしれなかった。

母が生きていた頃から父の寵愛を思うがままにしてきたくせに、母亡きあと、ザーラはヴィオラを邪魔者扱いし続けてきた。

(……この人ともう会わないで済むと思うとほっとするな)

ちらりとザーラの方に目をやれば、この場をとても面倒に思っているようだ。視線はヴィオラを通り越し、どこか遠くを見つめている。不自然な〝事故〟が続いたのは、きっとヴィオラを抹殺するため。

ヴィオラが死んだ時、周囲に疑念を抱かせないよう、王女として最低限の教育はきちんと与えていたあたりにも、ザーラの計算高さが表れている。

「お父様と王妃様の名を汚さぬよう、一生懸命頑張ります」

丁寧に頭を垂れて、そう言ったヴィオラに対し、父はひと言だけ返した。

「お前ならば大丈夫だろう」

「ありがとうございます」

娘との最後の別れになるかもしれないのだから、もう少しあってもよさそうなのに——その想いは、心の片隅にしまい込んでおく。

代わりに口を開いたのはザーラだった。

「ヴィオラ姫。あなたはしっかりしていますから、帝国でも問題なくやっていけるでしょう。お父上も、それを期待していますよ」

「……はい」

返事をするまでの時間は、妙に長いようにヴィオラにも感じられたけれど、しかたないではないか。

目の前にいるザーラは、母が嫁ぐ前から父に寄り添っていた。父がザーラを愛しているというのなら、文句も言えない。

だが、父と病床に伏す母のわずかな面会時間さえも、ザーラはなにかと邪魔を入れ、母が亡くなったあとはヴィオラの周囲にはほとんど人が寄りつかなくなってしまった。

それだけではなく、当初は異母妹が帝国に赴く予定だったのを、理由をつけてヴィオラにすり替えてしまった。

彼女の言葉の通りにするのは癪だし、言いたいことは山ほどあるけれど、ここで口を開いて、ろくなことにはならないとヴィオラは承知していた。

「一生懸命、努めます。今日まで育ててくださって、ありがとうございました」

右足を一歩後ろに引き、最大限の敬意を込めて頭を下げる。見せかけだけのものであっても、きちんと対応しさえしていれば誰も文句は言わない。

「ええ。帝国には、他国の王族や貴族の方も多数いらしていると聞いています。そちらで縁を結ぶのもいいかもしれませんね——きっと、近いうちにそれを願うことになると思いますわ」

二度とこの国に戻ってくるな、とザーラは暗に告げてきた。

(願うことになるって……でもまあ、いいか)

どうせ、この国には戻れないのだ。ヴィオラはもう一度頭を下げ、謁見の間をあとにした。ひと言しかかけてくれなかった父に、ほんのわずかばかり失望しながら。

数少ない友人に別れの手紙を書き、届けてもらうように手配してから馬車に乗り込む。

オストヴァルト帝国に連れていく侍女はニイファだけ。旅行用の地味なドレスに身を包んだニイファは、ヴィオラの向かいに座っている。

「ごめんね、ニイファ。たぶん、こっちの国には戻ってこられないと思うの」

「お気になさらないでください。両親ももういませんし、ヴィオラ様のお世話係としてついていくと決めたのは私ですから」

ニイファは、向かい側からにっこりと笑って返してくる。二十代前半である彼女は、ヴィオラにとって姉のように親しみやすい相手でもある。

両親の死後、男兄弟のいないニイファの家は取り潰しとなったことから、ニイファは侍女として王宮で働くようになった。

ザーラがニイファをヴィオラから遠ざけなかったのは、後ろ盾となる実家のないニイファならば、ヴィオラの側に置いておいても、自分にとって不利益にはならないと判断したからだ。

「それに、帝国には素敵な男性がたくさんいらっしゃいますからね。結婚相手を探すのにもぴったりです」

なんて、思ってもいないくせにニイファは言う。

(どうにかして、ニイファにはお返しをしてあげたいけれど……)

今のヴィオラには、そんなことはできそうにない。ニイファに報いるためにも、帝国に着いたらいろいろ勉強して、力をつけなければと固く決意した。

＊　＊　＊

こうして旅をすること一か月。ヴィオラは、帝国の都まであと少しという地点まで進んでいた。

馬車の周囲を囲む騎士達はおよそ十名と、一国の王女の護衛としては少ない数である。

けれど、必要な品々はすべて先に先方に送ってあるし、財宝を運んでいるわけでもない。帝国内は治安がいいし、護衛の数をあまりにも多くして、必要以上に目立つことは避けた方がいいだろうとの判断だ。

このひと月の間に、〝咲綾〟の意識は〝ヴィオラ〟の記憶と身体にだいぶ馴染んできた。ニイファ以外、ヴィオラをよく知る人がそばにいないのも、落ち着いて気持ちを整理する役に立った。

その日も、ニイファと向かい合って座っていたヴィオラは、窓の外を流れる景色が山に近づきつつあるのを見ながら問いかけた。

「この山を越えたところで一泊して、都には明日のお昼過ぎに到着するのだった？」

「そうですね。そのくらいだと思います。それよりヴィオラ様、少しお疲れでしょうか……おやつれになったような」

「私が痩せているのは前からでしょ。もうちょっと大きくなりたいわ」

ヴィオラの身体は細く、十二という実年齢よりも少し幼く見える。

身体の線は子供そのもので、もう少し肉がついて全体的に丸くなってもいいくらいだ。

子供っぽい印象を、着ている服がさらに強めている。

旅行用のドレスに使われているのは上質のシルクにレースだ。

本物の宝石はまだ早いと身に着けていないが、首元には同じくらい美しいガラス細工の首飾り。左右の耳の上で結った髪には、ピンクのドレスと共布で作ったリボンが結ばれている。

フリルとリボンとレースで埋もれてしまいそうなドレスは、とても可愛らしいけれど、ヴィオラの幼さを強調していた。

「緊張なさっているのですか?」

「そういうわけでもないんだけど。でも、そうね、やっぱり緊張しているのかも」

黙り込んで窓の外を見つめていたら、ニイファは緊張していると誤解したようだ。

このひと月の間、幾度も記憶を掘り返しては、今後自分がどうすればいいのかを考えてきた。

イローウェン王国への帰国を願うのは得策じゃない。となると、オストヴァルト帝国にとどまるしかない。

そのために一番手っ取り早いのは、オストヴァルト帝国の誰かと結婚することだ。そうしたら、必然的にヴィオラの住まいはオストヴァルト帝国内に設けられることになる。

けれど、一応一国の王女であるヴィオラの相手になるような男性がそうそう都合よく見つかるはずもないだろう。

それに、オストヴァルト皇帝やイローウェン王国の国王夫妻が同意しなければ話は進まない。

（……まあ、ゆっくり考えればいいか。少なくとも、四年くらいは時間があるだろうし）

オストヴァルト帝国で〝人質〟になっている間は、ザーラもヴィオラに手を出したりはしないだろう。

途中で休憩を挟み、いよいよ山越えだ。頂上を越えると大きな湖が目に入ってきた。山を下る道は細く険しい。

「ほら、やっぱり緊張されているんでしょう。難しい顔をなさってますよ」

「こ、これは……別にそういうわけじゃないもの」

難しい顔になったヴィオラを、ニイファが気遣ってくれる。申しわけないな、と思った時だった。

不意に馬車が勢いよく走り始める。あまりにも速い速度だったので、舌を噛んでしまいそうだ。

「ニイファ、なにがあったの？」

「わ、わかりません！」

一度言葉を交わしたあとは、ふたりとも口を閉じ、座席から振り落とされてしまわないよう、手すりにしっかりとつかまる。

「――あっ！」

舌を噛みそうになっているのも忘れて、思わず声が出た。

窓の外の様子を懸命にうかがうヴィオラの視線の先で、護衛の騎士が何者かと激しく打ち合っている。矢が飛び交う音、剣が打ち合わされる音。怒声、悲鳴、馬のいななき。

「こ、このままでは……や、山道ですから……！」

ニイファは、素早くヴィオラの隣に移動した。片方の手で扉の内側にある手すりを掴み、もう片方の手でヴィオラの肩をしっかりと抱く。

「ヴィオラ様……大丈夫です。ニイファがお守りします……」

ニイファだって怖いだろうに、気丈にそう繰り返す。けれど、いっそう激しくなった馬車の揺れが、それ以上の会話を許さなかった。

「――王女の馬車だ！」

「逃がすんじゃないぞ！　捕らえろ！」

「殿下をお守りしろ！」

「馬車だけはなんとしても守れ！」

襲ってきた者達の声と、護衛の騎士達の声が聞こえてくる。

王女の馬車と知って襲ってきた以上、相手はただの盗賊じゃない。

嫌な予感に、胸がぎゅっと締めつけられた。まさか、王妃であるザーラがヴィオラを殺そうとしている？

国から追い出してもなお、暗殺を企てるとは思わなかった。

声ばかり聞こえてきて、どちらが優勢なのか、馬車の中からでは判断できない。

馬車の振動はますます激しくなり、座席の上で身体が跳ねる。

車輪のきしむ音も激しさを増していて、このままでは壊れてしまうのではないかと不安になってきた。

「ニイファ――」

「いけませんっ！ ヴィオラ様、掴まってください！」

馬車がぐらりと大きく傾き、ニイファが悲鳴を上げた。

子供のヴィオラには、言われるがままに手すりにしがみつくことしかできない。

傾いた馬車がずるりと滑る。これは――まさか。

「きゃあああっ！」

馬車は道を外れ、そのまま湖の方へと転がり落ちた。ヴィオラとニイファの悲鳴が重なって馬車の中に響きわたる。

その悲鳴が尾を引いて続く中、馬車は大きな水しぶきを立て、湖面と激突していた。

「ヴィオラ様、ヴィオラ様……！　いいですか、落ち着いてください。ニイファにすべてお任せください」

「……ニイファ。まずは、服をどうにかしないと。水を吸ったら重くなると思う」

自分の声だって震えているのに、ニイファはヴィオラに落ち着くように繰り返す。

「さ、さようでございますね。ヴィオラ様、失礼いたします」

水の上に浮いている馬車はぷかぷかと漂っているけれど、長くはもたないだろう。

隙間からどんどん水が浸入してきていて、ふたりの不安をあおる。

ヴィオラの背中に手をかけたニイファは、ドレスをぱっと脱がせ、下着だけにしてしまった。その間にも、馬車には水が入り込んでくる。

「ヴィオラ様。窓から外に出てください。ヴィオラ様ならできるでしょう。馬車が完全に沈むまで、まだ時間がございます」

「で、でも、ニイファは？　ニイファは窓から出られないでしょう！」

この馬車の窓はさほど大きくない。子供であるヴィオラだって、ギリギリ抜けられるかどうかという大きさだ。

「扉を壊して出ます。危ないですから……先に馬車の上でお待ちくださいませ」

「それなら、ふたりで扉を開いた方がいいと思う。ひとりの力では無理！」

この時にはもう、馬車の座面が水につかるくらいのところまで水が入り込んでいた。

ヴィオラは懸命に扉を開こうとするが、水圧でぴたりと張りついたように動かない。

そんなヴィオラをよそに、脱がせたヴィオラのドレスを腕に巻きつけたニイファは馬車の窓に肘を叩きつける。

一度では割れなかった。二度、三度と続けざまに肘を叩きつけ、大きな音と共に窓ガラスが砕け散った。

「ヴィオラ様、ここから外に！」

ニイファはヴィオラを割った窓の方へと押しやる。持ち上げるようにして、ヴィオラを窓の外に出そうとした。

「待ってニイファ。待って、ねえ！」

「外に出てください、ヴィオラ様。ヴィオラ様がここにいては、私も身動きが取れません」

「嫌だ！　ニイファも一緒に！」

ニイファを置いてはいけない。

抵抗するものの、ニイファの力の方が強かった。ヴィオラは強引に、馬車の外に押し出されてしまう。

屋根に登ることもできず、水の中に転がり落ちた。必死に手足を動かすものの、水面がだんだん遠くなっていくような気がする。

(思えば、短い人生だったな……)

息が苦しくなる中、ふいにそんな考えがよぎる。前世では十八、今世では十二。記憶が戻って、まだひと月だ。せっかく生まれ変わったというのに、どうして若いうちに死ななくてはならないのだろう。

(次に生まれ変わる前には、神様に山ほど文句を言ってやるんだから)

ヴィオラの目の前が真っ暗になる。

誰かの力強い腕が、身体の周囲に回されたような気がしたけれど、それきりヴィオラの意識は途絶えた。

＊　＊　＊

目を開けると、隣の部屋から味噌汁の匂いが漂ってくる。

「咲綾はずいぶんお寝坊なのねぇ」

三宅家は夫婦が経営する洋食店兼カフェ、アンジェリカの階上に住んでいる。夫の作る洋食と、妻の作るスイーツ双方の人気が高く、店は多くの常連客に支えられていた。

店主夫婦の娘である咲綾があとを継ぐのは、いつの間にか既定路線みたいになっていたけれど、両親の経営するこの店を咲綾もとても愛しているので問題ない。

「そんなことないもん。今日は、お休みだからいいんだもん」

祖母に言い返しながら、ぱっと自分の手を見る。

小さい。これは、子供の手。

今、〝咲綾〟は七歳か、八歳だろうか。まだ、祖母が生きているから。

そんな風に冷静に考えてしまうのは、これが夢なのだと〝咲綾〟も理解しているから。

もう、祖母はいない。咲綾が中学校に入学した直後に亡くなってしまった。

両親もいない。いや、両親の前から咲綾が去ったのだ。

もう二度と会えないとわかっているから。だから、少しでも長く夢の世界にとどまろうとする。

「今日のお昼ご飯は、咲綾が作るね」

「あら、じゃあ一緒に買い出しに行こうか。なにを作る?」

「んーとね、お浸し!」

葉物野菜を茹でて、鰹節をぱらり。そんな簡単な料理でも、作れば祖母も両親も喜んでくれた。

焼き魚とほうれん草のお浸しにお味噌汁。小学生がこのくらい作れれば十分だ。

祖母と手を繋いで近所の商店街を回って買い物を済ませ、両親のいる店に顔を出す。昼食は咲綾が作ると宣言すれば両親は嬉しそうだったし、店のお客さん達も「立派な後継ぎができてよかったね」と微笑ましそうに見守ってくれた。

祖母と並んで料理しながら仕込まれた家庭料理の基礎。冷蔵庫の中の食材を見て、その日の夕食を決める。そんな平和な日がずっと続くと思っていたのに……。

(やだ、まだ、起きたくない……)

いつまでも、この夢の中に浸っていたい。目を覚ましたら、きっと知らなくていいことまで知ってしまう。

抵抗するけれど、その抵抗を押しのけるように、徐々に〝今〟の意識が浮上してくる。瞬きを繰り返しながら目を開いた先にあったのは、見知らぬ天井だった。

「……私」

真っ白に塗られた天井は、とても清潔な雰囲気だ。この世界には存在しないはずだけれど、病院という言葉が一番しっくりくる。

「ああ、お目覚めになりましたね」

声の方に顔を向けると、ベッドのそばに置かれている椅子に腰を下ろしているのは、見たことのない女性だった。ニイファと同じくらいの年齢だろうか。

「あ、あの、ニイファ！　ニイファは？」

慌てて飛び起き、頭がぐらりとしたことに驚く。そばにいた女性は、そんなヴィオラに驚いた様子も見せず、手を貸して、枕に頭を落ち着かせてくれた。

「ここは、オストヴァルト帝国の皇宮でございます。ヴィオラ姫様は、盗賊に襲われて……」

そこで彼女は口を閉じてしまった。首を横に振って、その先を言うべきか言わないべきか迷っているようにも見える。

「……ニイファは？」

馬車が湖に落ちた時、ニイファはヴィオラだけを外に出してくれた。

自分は窓からは逃げられない、と。

結果としてヴィオラは湖に放り出され、溺れることになったわけだけれど——ニイファは身を挺して自分を守ろうとしてくれたのだ。

ニイファに会いたい。会って、あの時おとなしくニイファの指示に従わなかったことを謝りたい。

カチャリと部屋の扉が開いたかと思ったら、背の高い青年が入ってきた。ヴィオラのそばに控えていた女性が立ち上がる。

「——殿下」

殿下という言葉から、彼が、この国の皇族であることはすぐに理解できた。

（いえ、私は……この人を知っている）

ヴィオラに与えられた王族としての教育の中、各国の王族貴族の基本情報を頭に入れておくのは大切なことだった。特に重要な相手については、容姿も把握しておけるよう、肖像画が取り寄せられていたのである。

慌ててベッドから降りて頭を下げようとしたら、彼は手でそれを制した。

「盗賊に襲われるとは、災難だったな、ヴィオラ姫」

「た、助けてくださり、か、感謝いたします……リヒャルト殿下」

そう、今ヴィオラの目の前にいる青年は、オストヴァルト帝国の皇太子リヒャルトだった。

ヴィオラの記憶がたしかであれば、今年二十四歳の誕生日を迎えたところだったか。ヴィオラが十二歳になったばかりだから、十二支でいえばちょうど一回り違うことになる。

もちろん、この世界に干支の概念はないのだけれど。

名乗られる前に、自分から彼の名を口にしたのは、王族としての教育はきちんと受けていて、敵対心を持っているわけではないとこちらの姿勢を見せるため。

礼の言葉を述べたのは、助けてくれたのはオストヴァルト帝国の騎士なのだろうと推測してのことだ。

「……そう硬くなるな。怪我人に必要以上の礼儀作法を求めようとは思わない」

冷たそうな人、というのが最初に抱いた印象だった。

とても背が高く、肩幅は広くてがっしりとしている。顔立ちは文句なしに整っていた。

濃茶の髪、同じ色の瞳――だが、その瞳は冴え冴えとしていて、温かみなどまるで感じられない。この人に、血が通っているのかと本気でたずねたくなるほどだ。

「……ありがとうございます。殿下が助けてくださったのですか?」

その問いかけに、彼は無言でうなずいた。どうやら、ヴィオラの推測は正しかったようだ。

「それと、君の侍女だが」

「ニイファは……」

予想はしていたけれど、背筋が冷たくなる。

子供がやっと抜けられるほどの大きさしかない馬車の窓。そこからヴィオラを押し出し、ニイファは馬車と一緒に沈んでしまったのだ。

ニイファのことを思い、目から涙が溢れそうになった。もっと自分に力があれば、彼女を失うことにはならなかったのに。

「人の話は最後まで聞け。君の侍女も無事だ」

「……!」

彼の言葉が信じられなくて、目を瞬かせる。

その時、控えていた侍女が立ち上がる。彼女が扉を開くと、入ってきたのはニイファだった。

「ヴィオラ様、私は無事でございますよ。頭の包帯を巻き直しているところだったので、お目覚めの時におそばについていなくて申しわけありませんでした」

「ニイファ！　どうして！」

　ニイファの頭には、痛々しく包帯が巻かれていた。頭に怪我を負ったということか。

「君は、とてもついている。主の命を守ろうとする立派な心がけの侍女が、一緒にこの国まで来てくれたのだから」

　そう口にした時、ほんの少しだけ、リヒャルトの目元が柔らかくなったような気がした。

（……この人、こんな顔もするんだ）

　ベッドに横たわったまま、ヴィオラは呆然とリヒャルトの顔を見上げていた。

「お褒めにあずかり、光栄でございます。殿下——ヴィオラ様のためならば、命を尽くしてお仕えする所存でございます」

「そう口にする奴は多いが、きちんと実行する奴は少ないんだぞ」

　その言葉を発した時、リヒャルトは元のように無表情に戻っていた。

　ニイファはベッドのそばに膝をつき、ヴィオラは飛び上がるみたいにしてニイファに抱きついた。

「ニイファ、ニイファ——無事で、無事でよかった——い、言うことを聞かなくてごめんなさい——！」

目からはぼろぼろと涙が溢れ、自分の感情を制御することもままならない。ニイファの首にすがりついて、わんわんと泣いた。背中を撫でてくれる彼女の手の温かさに安堵する。

「あの……でも、どうして……？」

ひとしきり泣いたヴィオラが落ち着きを取り戻したあと、最初に口から出たのはその問いだった。

あの窓からは、ヴィオラが這い出るのがやっとのことだったのに、ニイファがどうしてここにいるのだろう。

「殿下と部下の方達が、馬車の屋根を斧で壊してくださったのですよ。命がけで助けてくださいました」

聞けば、その時壊された天井の破片で頭に怪我を負ったのだとか。心配そうに頭を見るヴィオラに、たいした怪我ではないとニイファは笑う。

「あの、殿下。やっぱりもう一度お礼を申し上げます。ありがとうございます。ニイファも……助けてくださって、ありがとうございます」

ニイファが無事でよかった。ベッドに半身を起こしただけの状態ではあったけれど、その場で頭を下げる。

「──いや、礼を言う必要はない。皇宮に向かう途中で盗賊に襲われてしまったのは、我が国の失態だからな。こちらが謝罪しなければならない」

「いえ……」

なんだろう、彼の顔に浮かぶなんとも言えない表情は。

（この人、世の中に失望しているとかそんな感じ？）

オストヴァルト帝国の皇太子が、自らヴィオラを迎えに出るというのも不自然な気がする。なにか裏でもあるのだろうか。

けれど、目が覚めたばかりで、浮かんだ疑問もすぐに消え失せてしまう。ニイファがかいがいしく世話を焼いてくれて、再びベッドに横たわらされた。

「では、ヴィオラ姫。これからはここが君の生活の場となる。医師も手配してあるから、指示に従ってゆっくり養生してくれ」

はい、と返事をする間もなく、リヒャルトは部屋を出て行ってしまった。

「ねえ、ニイファ。リヒャルト殿下って……なんであんな顔をするのかしら」

「あんな顔……？　ええ、とっても見た目麗しい方ですわね」

「私が言いたいのはそうじゃなくて……なんだか、うーん……なんだろ、自分の無力さを痛感してるって感じ？」

というか――なにかを諦めているような雰囲気もあるけれど、さすがにニイファにも言えなかった。

ニイファが顎に手を当て、考え込む表情になる。

「リヒャルト殿下は、いろいろと難しい立場にあられる方と聞いています。ヴィオラ様もご存じでは？」

「ええと、お母様はアデリナ皇妃陛下よね？　たしか、ウルミナ王国のご出身で……あ、もう国はないから……後ろ盾がないってこと？」

「ええ、その他に皇帝陛下には何人かのお妃様がおられます。特に勢力をお持ちなのが、ティアンネ妃殿下です。それに引き換え、皇妃陛下は寵愛が薄く……」

「なるほどね。それじゃ、思い通りにいかないことも多いのかも」

オストヴァルト帝国は、皇族直系男子に限り、妃を複数人持っていいと定められている。これは、皇帝一族の血を確実に次の世代に繋げるための手段だ。

もっとも尊重されるのは皇妃。それ以外の妃は、二妃、三妃と序列をつけられ、皇妃より下の地位という扱いではあるが、皇帝の〝妃〟にふさわしい、高貴な身分の美しい女性ばかり。そして、彼女達自身の権力だけではなく、実家の権力や影響力も物を言う。

リヒャルトの母であるアデリナ皇妃は、ウルミナ王国の王女だった。現在の妃達の中で、最初に皇帝のもとに嫁いだ妃でもある。

だが、ウルミナ王国は彼女が嫁いだあとに滅亡。今も皇妃の地位にとどまってはいるが、彼女の勢力というものはほとんど無きに等しいものだ。

後ろ盾のないリヒャルトを皇太子としたままでいいのだろうかという意見もあるという噂くらいはヴィオラも聞いていた。

（ティアンネ妃って、ちょっとザーラと似てるかも）

前王妃の娘であるヴィオラを追いやろうとしたザーラ。皇妃の息子であるリヒャルトを追いやろうとしているティアンネ妃。ふたりには、似ている点も多いみたいだ。

「そっか。ティアンネ妃がいたわね……きっと、彼女には注意した方がいいのよね」

そもそも、ヴィオラがオストヴァルト帝国に移ることになったのは、ティアンネ妃の母国であるトロネディア王国との間に起こった戦争が大きな理由だ。

おそらく、イローウェン王国の関係者にはいい感情を持っていないだろうから、ティアンネ妃の前で迂闊《うかつ》な言動はとらないようにしなければ。

「……今は、そんな難しいことを考えなくてもよろしいのですよ。ゆっくりお休みください」

「ニイファも休んで」

「はい、私も休ませていただきます。ヴィオラ様がお眠りになったなら」

ニイファの優しい手が、ヴィオラの身体にかけられた布団の位置を直してくれる。

その手に身をゆだねながら、ヴィオラは考え込んでいた。

(どうして、湖に落ちた時、ニイファはあそこまでしてくれたんだろう……)

けれど、まだ本調子ではない身体には、リヒャルトとの面会だけでも負担だったらしい。あっという間にヴィオラの意識は睡魔に奪われ、その疑問もまた、思考の狭間に消え失せてしまった。

第二章　晩餐会での大事件

こうして、ヴィオラのオストヴァルト帝国での新しい生活は始まった。

オストヴァルト帝国の皇宮には、皇帝が昼間に政務を行ったり、招待客を多数招いての晩餐会や舞踏会を開いたりする時に使われる太陽宮と、その左右に広がる満月宮と新月宮がある。満月宮は皇帝と皇妃、およびその子供の住まいであり、新月宮は、短期的に滞在する各国の使者や貴族を宿泊させるための建物だ。

それから、皇妃以外の妃達が住んでいる建物や、ヴィオラ達のような長期滞在する者達の住まう建物には、星の名前がつけられていた。

ヴィオラに与えられたのは、太陽宮からは馬車でないと移動できない距離にあるクィアトール宮という建物だ。

クィアトール宮には、ヴィオラと同じようにこの国に滞在している王女や貴族令嬢が五人ほど住んでいて、三度の食事は、マナーの勉強を兼ねて彼女達と一緒に食べることが決められていた。

二十部屋ほどあるクィアトール宮は同じような造りの建物に囲まれていて、注意しなければ間違えてしまいそうだ。

目を覚ました時に寝かされていたのは、病人を隔離するための部屋だった。意識を取り戻して最初に病院を思い浮かべたのは、あながち間違いでもなかったらしい。

そして、ヴィオラが自分の部屋に通されて驚いたのは、その贅沢さだった。

寝室は白とパステルカラーを中心に可愛らしくまとめられていた。木目がむき出しになっている床は、顔が映りそうなくらいにぴかぴかに磨き上げられている。

白いベッドには天蓋から薄い布が下げられていて、そこに用意されている寝具もまた、上質で白いもの。

続く支度部屋には、国から持参した衣類や小物が収められている。

さらに、勉強部屋は壁一面を本棚が占めていて、そこにはずらりと本が並べられていた。

本棚には勉学に必要な本はもちろんのこと、ヴィオラと同じ年頃の少女が好みそうな物語の本もたくさん用意されていて、壁には美しい花の絵が飾られているといった調子だ。

「ここ……本当に、このお部屋全部私のもの？」

なんて、ヴィオラが口走ってしまっても、誰にも責められないと思う。人質としてこの国に来たとはいえ、イローウェン王国にいた時よりもよほど贅沢な作りだった。

ニイファにも、ヴィオラの寝室の隣に小さな個室が与えられている。そして、この建物に滞在している少女達には、すべて同じ造りの部屋が与えられているそうだ。

ヴィオラ以外の令嬢の中には、侍女を数名連れてきている者もいるらしいが、寝室の隣にある個室に入れるのはひとりだけ。それ以外の者は、クィアトール宮の最上階に並んでいる部屋に入り、三名で一室を使っているそうだ。

もっとも、ヴィオラが最上階に行くことはないので、自分の目で見たわけではないけれど。

(明日は、この国に滞在している人達全員との晩餐会だっけ……)

それを思うと、ちょっとばかり気が重くなってしまう。

皇帝、それから皇妃をはじめとした妃全員に皇子達、皇女達。彼らだけではなく、ヴィオラと同じ立場の人達も太陽宮に集められるのだそうだ。

(——親交を深めておけってことなんだろうけど)

考え方によっては、皇帝の開く晩餐会で彼らと顔を合わせるのは、ヴィオラにとっても都合のいいことであった。

彼らとの関わり合いの中から、生き残るための手段を見つけ出すことができるかもしれないから。

ヴィオラが晩餐会の衣装に選んだのは、黄色のゆったりとしたドレスだった。コルセットをしても凹凸の出る体形には程遠いので、子供用の緩いコルセットで間に合わせることにする。

自分の美しさを最大限に活用したい女性ならば、ヴィオラの年齢でもコルセットを強く締め上げているものだそうだが、前世の知識があるヴィオラはあまり締めつけたいとも思わない。

（締めつけすぎは、身体に悪いっていうもんね）

現代日本では過度の締めつけはよくないと言われていた。今、それを声高に主張しても周囲からは奇異の目で見られるだけ。あとは、大人になった時、コルセットの流行が廃れていることを祈るばかりだ。

ドレスは胸元と袖口にたくさんのレースが使われていて、とても可愛らしいデザインのもの。スカートはレースのフリルを何枚も重ねたアンダースカートと、その上に黄色のオーバードレスを重ねた二枚仕立て。オーバードレスは一部をつまんで、ドレスと共布のリボンで留める。

そうすると、レースのアンダースカートが見えて、これまたとても可愛らしいのだ。

「——髪型は、両脇の髪だけ後ろでまとめて、リボンにしてもらえる？」

「結い上げなくてよろしいのですか？」

「結い上げると頭が痛くなるから、嫌なの」

「かしこまりました。その方がよろしいでしょうね。子供だと思えば、目もつけられないですし」

湖に転落して以来、気になっていることがひとつある。

この国に一緒に来てほしいと頼んだのはヴィオラだけれど、どうして、ニイファは命をかけてくれるほどの忠誠心をヴィオラに向けてくれるのだろう。でも、それを問いただすのも野暮なような気がして、まだ、問いかけることはできないでいる。

「——じゃあ、行ってくるわね」

「行ってらっしゃいませ」

皇帝への贈り物は、今日は必要ないとされている。国元からの仕送りにもあまり期待はできそうにないので、それはそれでありがたい。

ニイファに見送られて外に出ると、そこにはいくつもの馬車が待っていた。

太陽宮までは馬車に乗らないと移動するのも大変なのだ。

（……リヒャルト殿下は、あれからどうしているのかな）

人質としてこの国に来た小国の王女ヴィオラと帝国の皇太子であるリヒャルトには本来接点なんてない。

ヴィオラとしては気になるけれど、彼から連絡なんてなくても当然だ。彼にしてみれば、子供をひとり助けただけのことだろう。別に、彼にひと目ぼれしたとかそんな理由じゃない。

(……うん、好きになったってわけじゃないのよね)

ただ、彼の表情に浮かぶものがなんだったのか——考えてもわからない。それを判断するには、彼のことをあまりにも知らなすぎる。

そんなことを考えているうちに、馬車は晩餐会の行われる太陽宮に到着していた。

(……ここからが、勝負ね)

スカートをぎゅっと握りしめて、自分に気合いを入れる。ここで、各国の王族や貴族と顔を合わせるのだ。

太陽宮のホールには、ヴィオラと同じように馬車に乗ってやってきた令嬢達が多数集まっていた。名前を呼ばれ、順番に晩餐会の間へと入っていく。

「イローウェン王国、ヴィオラ姫」

名前を呼ばれたのは最後だった。

ヴィオラが扉の前に立つと、両脇に控えていた侍従が扉を開いてくれる。先に席についていた人達の視線がこちらを向き、ヴィオラは思わずたじろぐ。

（な、なんなの……）

ヴィオラに向けられる視線は、好奇心だけではなかった。値踏みしている目、自分より下の立場だと判断して安心している目、利用できるのではないかと利用方法を考えている目……。

その場で丁寧に一礼し、ヴィオラは侍従に案内されて指定の席に着く。この国に来て一番日が浅いこと、年齢、国力、その他のさまざまな条件を加味してだろう、ヴィオラの席は末席だった。

（この場所なら、安心かも）

下手に皇帝一族のすぐそばに席を設けられるよりも、この方が断然楽だ。

「今日、皆が集まってくれたことに感謝する。さて、今日ここに集まってもらったのは、皆に仲良く過ごしてもらいたいからだ。我が国に滞在している間、できる限り快適に過ごしてほしい」

皇帝が話し始める。リヒャルトとよく似た面差しの、どこか冷たいところを感じさせる五十代の男性だ。紺を基調とした衣服を身に着け、上着は、袖口のところに金、銀、白の三色を用いた刺繍が施されていた。

リヒャルトと違い、髪は短く刈り上げてある。彼の隣にいるのがアデリナ皇妃だ。

ふたりの容姿は肖像画を見て知っていた。

皇妃には、滅びた王国の王女という話に納得してしまうようなはかなさがある。身にまとうドレスは、皇妃にふさわしい贅をつくした装いであったけれど、どことなく影が薄いというか不幸を背負っているというか、そんな雰囲気のある女性だった。

（たしか、皇帝陛下との仲はあまりよくないとか……）

皇帝と皇妃は満月宮に住まいを持っているけれど、皇帝は他の妃の住まう宮で夕食をし、そのままそちらに泊まることが多いというのは、ヴィオラのような子供の耳にも届くくらいの噂になっている。

（……あれがティアンネ妃ね。公の場では、ティアンネ二妃殿下と呼ばなければいけないのよね）

皇帝を挟み、皇妃とは反対側に座っているのがティアンネ妃だ。

皇帝の妃とはいえ、皇妃とそれ以外の妃の間には明確な差がある。たとえば、皇帝の姓である〝ヴァルツァー〟を名乗ることができるのは、皇妃だけ。

皇妃は、アデリナ・ヴァルツァーであるのに対し、ティアンネ妃はティアンネ・セディーンと、生家の姓を名乗らねばならないのだ。

これは、皇妃以外の妃が認められておらず、正妻としてではなく愛人として扱われていた時代の名残なのだそうだ。

また、〝陛下〟という呼称で呼ばれるのも皇妃だけ。その他の妃達は、名前に妃殿下、もしくは名前に何番目の妃であるのかという序列に妃殿下を足した形で呼ばれることになる。

(……でも、皇帝が一番大切にしているのはティアンネ妃だものね)

ちらり、とティアンネ妃の方に目をやった。

彼女のことは、どうしたって気になってしまう。彼女は、元はトロネディア王国の王女だった。ヴィオラの祖国であるイローウェン王国とは昨年戦になった、いわば旧敵国だ。

そして、皇帝に対する彼女からの「イローウェン王族を人質として預かった方がいい」という進言が、ヴィオラがここに来る大きな理由となった。

ティアンネ妃は、皇帝の一番のお気に入りということもあって、とても美しい女性だった。目鼻立ちがくっきりしていて、ちょっときつそうな派手なタイプの美女だ。

四十代半ば、五十近いはずだけれど、実年齢より二十歳近く若く見える。

（肖像画と全然変わらないし……美魔女って感じ）

それから三妃以下の妃達。さらに、リヒャルトをはじめとして、それぞれの妃が産んだ子供達が着席し、皇帝からの合図を待っていた。

そして、皇帝が短い挨拶を終え、グラスを手に取った。

「今日、この時間を楽しんでほしい——乾杯！」

皇帝の言葉を合図に、グラスを持ち上げて口をつける。

大人達はワインを飲んでいるようだったけれど、ヴィオラに用意されているのはハーブ水だ。事前に酒は飲めないと申告しておいたのだ。

こちらに飲酒の制限年齢はないけれど、なんとなく気が引けるというか。

晩餐会のメニューは、基本的には前菜、スープの順で供され、さらに魚料理、もしくは卵を使った料理、口直しのシャーベットを挟んで肉料理が続く。

この国では酪農と養鶏が盛んで乳製品と卵が広く食べられるのに対し、魚料理はさほど発達していないために、このような発展を遂げたようだ。そして、チーズ、食後の飲み物とデザートで終了となる。

と、必死に頭に叩き込んだ知識を思い浮かべている間に、前菜が運ばれてきた。

（……まずは前菜）

色とりどりの野菜に、クリーム色のソースがかけられている。酸味と甘みが絶妙にマッチしたソースが、野菜の味を引き立てている。ほのかにチーズの香りもするところが帝国風だ。

次はキノコのポタージュ。さまざまな種類のキノコが、スープだけでなくデコレーションにも使われていて、見た目も美しい。

スプーンですくい、鼻を寄せると、キノコのいい香りが漂ってくる。

「……ん？」

ひと口含んで、違和感を覚えた。口の中で何度も転がし、飲み込む。

やっぱり、違和感がある。

もうひと口。

誰も気づかないのだろうか——。このポタージュを飲んだら体調不良を起こしかねない。

「——飲んではいけません！」

急に立ち上がり、大声を出したヴィオラにみんな驚いた様子だった。

「その娘——どういう意味だ？」

テーブルの一番向こうから、皇帝がこちらを睨みつける。さすがに大国を治めているだけあって彼の眼力は鋭かった。思わず首をすくめそうになるけれど、負けずにヴィオラは続けた。

「このポタージュ、毒キノコが入っています！　キノコは毒のあるものとないものの区別がつきにくいから……」

大声をあげて続けたけれど、誰もヴィオラの言葉に賛成してくれなかった。皇帝は不機嫌な顔になり、ヴィオラに向かって手を払う。

「わが皇宮の厨房係が、毒キノコを混入させるような過ちを犯すと？　もうよい、このような言いがかりは不愉快だ。そなたはこの場から出て行け」

「で、でも……！」

「帰れ！」

言葉を重ねて説得しようとしたけれど、それ以上は無駄なようだ。皇帝はヴィオラに向かって大きく手を払い、退室するように合図した。

立ち尽くしていたヴィオラの腕に、背後から誰かの手がかけられた。慌てて見上げると、そこに立っていたのは警備の兵だ。

このままでは、兵士に抱えられて連れ出されることになる。

「……失礼します」

悔しいけれど、ヴィオラにこれ以上できることはない。その場で一応頭を下げ、兵につまみ出される前に晩餐会の会場をあとにする。

ヴィオラの背中越しに、集まった人達がひそひそとささやき合う声が聞こえてくる。

(……本当に、毒キノコが入っていたんだから……!)

ポタージュを口に含んだ瞬間、かすかに広がる苦み。それは、食用のキノコが持ち合わせているものではなかった。他のキノコの風味にかき消されてしまうから、よほど注意して食べなければ気づかないだろう。

たった一度だけ、ヴィオラはそのキノコを食べたことがある。それは、今と同じようにキノコのポタージュに混ざっていた。

あの時は、数日寝込む大変な騒ぎとなったが、説明する前に出ていかざるを得なかった。

(私にはわかると言っても、説得力なんてないだろうし……)

とぼとぼと玄関ホールまで出てきたところで気がついた。馬車はこの太陽宮から回されたもので、ヴィオラ個人の持ち物ではない。

そしてその馬車は、今はどこか他の場所に置かれている。

(誰かに馬車を探してもらわないと……)

だが、見渡す限り無人。通りかかる人もいなそうな雰囲気だ。

右を見て、左を見て。助けになってくれそうな人が誰もいないことに深々とため息をつく。

しかたない――こうなったら、歩くしかない。

どちらの方向から来たのかは覚えている。ヴィオラは意を決し、歩き始めた。

三十分も歩けば到着するだろうというヴィオラの見込みは、あまりにも甘かった。

馬車に乗っていた時は、もっと近いように感じられたのに。

それに、ヴィオラが履いていた靴は、歩くことに適したものではなかった。

晩餐会のために履いたものであり、想定されている歩行距離といえば、馬車から会場内まで往復する距離くらいのもの。

華奢なヒールは歩きにくく、あっという間に靴擦れができてしまった。

「……もうっ」

仕方なく、靴を脱いで歩き続ける。

皇帝も人が悪い。あの場からヴィオラを追い出そうというのなら、帰りの馬車くらい呼んでくれればよかったのに。

クィアトール宮周辺に並ぶ建物は、似たような形のものが多い。暗い中ではクィアトール宮を見つけるのも難しく、ようやく帰り着いたのは、晩餐会の会場を出てから二時間以上が経過したあとのことだった。

「た、ただいまぁ……」

「ヴィオラ様、どうしたのです!?」

出迎えてくれたニイファが悲鳴を上げる。大げさな、と思いながら鏡を確認すると、ヴィオラの姿はあまりにも惨めなものだった。

ドレスの裾は地面で引きずったために擦れて泥まみれ。脱いだ靴は無事だったものの、薄い靴下一枚で歩くことを要求され続けた足は、あちこちに傷ができていたし、靴擦れもかなりひどい。

途中で事故に遭ったと言われても、驚かないほどのボロボロ具合だ。

「あ、べ、別にたいしたことないのよ、これは。ただ、歩いて帰ってきたら道に迷っちゃって……」

「歩いて帰ってくるってどういうことですか!? ヴィオラ様、いったい何が!?」

「ごめんね、心配させるつもりじゃなかったんだけど」

そういえば、お腹が空いていたはずなのに、歩いていた間に空腹感もどこかに行ってしまったみたいだ。

とにかく着替えて落ち着いた方がいいと、ニイファがばたばたと動き始める。

「——本当に、心配させないでください……ヴィオラ様の身になにかあったら、私……」

浴室に湯を張りに行ったニイファは、ため息まじりに言った。

「ごめんなさい。太陽宮からは、私が先に出たって連絡はなかったのね」

「そんなものはありませんでした。年端もいかないヴィオラ様を、暗い中に放り出すなんて！」

衝撃が抜けきらない様子のニイファに問われるままに、ヴィオラは晩餐会での出来事を話した。

「それでは、ヴィオラ様は悪くないではありませんか……！」

「普通の人には、味の違いなんてわからないんじゃないかな。私だって、前に食べたことがなかったら、気がつかなかったと思うの」

あの場で、皇帝はヴィオラに説明することを許してくれなかったが、ヴィオラにはひとつ、特技がある。

それは、口に入れた料理に使われている材料を、味から判断できるということだ。

グラス一杯の水に、塩をひとつまみの半分入れてもわかるくらい、ヴィオラの舌は繊細だ。

どこかの家に招待され、おいしい食事をご馳走になったあと、材料を割り出し、厨房の料理人に同じ味のものを作らせることもできる。

それは、前世で飲食店を経営していた両親のもと、いろいろな味を口にしてきたヴィオラだからできることかもしれなかった。

両親の経営していたアンジェリカは、洋食店兼カフェであったけれど、両親は研究熱心だった。世界各国の料理を食べ歩き、食材を仕入れては自分の店で再現できないか研究する。その過程で、〝咲綾〟にも、味見をさせてくれた。

そうやって育てられた繊細な舌が、ヴィオラにも受け継がれているのかもしれない。

「ヴィオラ様にそのような特技があるとは、知りませんでした」

「ニイファにも言ったことないものね」

そんな話をしている間に、浴槽に湯がたまる。ボロボロになったドレスは、修繕が必要だ。無理なようなら、小物にでも作り直してもらおう。

「あいたぁぁぁあっ！　しみる……！」

浴槽に入ったら、あちこちできた傷に湯がしみる。思わず涙目になってしまった。

「こんなに靴擦れするまで歩かせるなんて……！」

ヴィオラが涙目になっているので、ニイファの怒りにさらにもう一度火がつく。

汚れた髪や身体を洗い、寝間着に着替えたところで、ニイファはヴィオラをソファーに座らせた。柔らかな布が張られた足置きの上にタオルを敷き、そこにヴィオラの足を乗せる。

「お医者様を呼ぶほどのものではないと思いますが、手当てはしておきましょう。明日、悪化するようでしたら、お医者様を呼びます」

「うん、お願い」

あちこちにできた傷に薬を塗り、布を当てたり包帯を巻いたりしてくれるニイファの手は優しい。

「……歩いて帰るなんて無茶は、もうなさらないでください」

「どうして、ニイファはそんなに私によくしてくれるの？　私に頼まれたからって、こちらの国にまで、ついてくる必要はなかったでしょうに」

ぽつりとそうこぼしたら、目の前に膝をついていたニイファは驚いたように顔を上げた。

「湖に落ちた時だって、私だけなんとか助けようって……」

あの時のことを思い返すと、今でもぞっとする。けれどニイファは微笑んだ。

「それは、ヴィオラ様が私の恩人だから——ですよ」

「私、なにかした？」

記憶を掘り起こそうと試みるが、ニイファがそこまで忠誠を誓ってくれるような恩を売った覚えはない。

首をかしげているヴィオラを見上げたまま、ニイファはもう一度口角を上げて微笑んだ。

「私は女で、相続権はありませんから、両親が亡くなった後、家は取り潰されてしまいました。とりあえず侍女として出仕したけれど、特技があるわけでもなくて。首になるか下働きになるか選択を迫られて悩んでいたところに、ヴィオラ様が声をかけてくださったんです」

ニイファの言葉に、頭の奥の方から記憶が押し寄せてくる。

（ああ……そういうこと。うん、〝ヴィオラ〟は、寂しかったんだ……だから声をかけた）

両親を亡くし、王宮で侍女として働き始めたものの、ニイファには秀でた特技などなかった。ザーラも異母妹もニイファを侍女としては必要としなかったから、ヴィオラが声をかけた時にはニイファは解雇一歩手前だったのである。

「……そうだったわね。『私のところで働くのは大変だけど、よかったら来てくれる?』って言ったんだっけ?」

ニイファにかけたのは、そんな言葉だったような気がする。けれど、ニイファは首を横に振った。

「それだけでは、ありませんよ。『食事を一緒にしてくれたら嬉しい』……そうおっしゃいました」

国にいた頃、ニイファは、ヴィオラと食事を共にしていた。ヴィオラはそれを当たり前のものとして受け入れていたし、それは今も変わらない。

だが、本来なら、侍女は一緒に食事をせず、横に立って給仕するものだ。クィアトール宮に来てからは、他の令嬢達と一緒に食事をとる時にはそうしている。

「おいしい食事は、誰かと一緒に楽しく食べるともっとおいしくなるのよ? 私、今でもそう思ってるもの」

そう返しながら、ヴィオラは得心した。

ふたりとも、不安で、胸がつぶれそうで、でもそれを表に出すわけにはいかなかった。

寂しくて差し伸べた手が、ニイファにとっては一筋の光みたいなものだった。それは、ヴィオラにとっても同じことで――。

「ですから、ヴィオラ様に一生お仕えするんですよ。私を必要としてくださったから」

「お嫁に行っても、時々会いに来てね?」

「お嫁に行っても、お勤めは続けますとも」

それは、遠い未来の約束かもしれない。

けれど、この国にいる間、ニイファがいてくれるのなら、ヴィオラにはそれで十分だった。

＊＊＊

翌日になって、ヴィオラのところにも皇宮内の噂話が聞こえてきた。

昨日、晩餐会に出席した人のうち、大多数が体調不良に悩まされているそうだ。

(……私が元気なのは、ふた口しか飲んでいないからだもんね)

ヴィオラはピンピンしているけれど、それはひと口目でおかしいと気づき、ふた口目で味を確認して以降はポタージュには手をつけなかったからだ。

皇帝が、ヴィオラの言葉に耳を傾けてくれたら最後までちゃんと説明した。そうしたら、きっと被害者の数を減らすことができたのに。

昨日の靴擦れが痛いので、今日は踵のないサボと呼ばれる形の靴を履いている。数日中には靴擦れも治るだろう。

「……ヴィオラ様、リヒャルト殿下がお見えになっています」

「リヒャルト殿下が？」

ニイファが呼びに来て、ヴィオラは混乱した。リヒャルトがヴィオラになんの用だろう。

人と会うための部屋は、自室とは別の場所に用意されている。

一階にあるその部屋まで、サボのまま大急ぎで行くと、リヒャルトが困惑した顔で待っていた。彼のそばには、見たことのない青年が付き添っている。

「昨夜君が言っていた通り、体調を崩す者が続出した。なにが原因なんだ？　君は、毒キノコと言っていたが、なんの種類かわかるか？」

リヒャルトは、少しイラついているようにも見える。

「ソメカイタケです」

「なぜ、わかった」

「……味で」

ヴィオラは自分の唇に人差し指を当てた。ちょっとだけ舌を出し、すぐに引っ込める。

「私、舌が鋭いんです。イローウェン王国にいた時、間違えて口にしたことがあって、味を知っているんです」

説明しながらも、この様子では信じていないな、と冷静に分析する。

だって、ヴィオラの話を聞いている間も、どんどんリヒャルトの眉間に刻まれている皺は深さを増しているのだ。

「俺もポタージュを飲んだが、なんともないぞ。それに味がおかしいとも思わなかった」

「全部飲んだんですか？　残したのなら、体内に入った量が少なくて影響が出てないのかも。私もふた口飲みましたが、なんともないです。あとは、殿下は身体が大きいし、丈夫そうだから影響が出なかったのかもしれません。味については、たぶん普通の人は気がつかないと思います」

ここまで口にして、考え込んでしまった。ソメカイタケの毒性は強くないとはいえ、身体が弱い人は注意してあげた方がいい。死亡例が皆無というわけではないのだ。

「お年を召した方や、病気から快復したばかりの方は気をつけてあげた方がいいと思います。毒性に対抗するだけの体力がないかもしれないから。たぶん、治療方法はお医者様の方がよく知ってると思うんですけど」

そうつけ加えたけれど、リヒャルトはやっぱりヴィオラの言葉を信じていないようだ。眉間に皺を寄せたままのムッとした表情で、ヴィオラのことを見ている。

（信じないだろうとは思っていたけど、ちょっと態度がよくないと思う！）

と思っても、ふたりの立場を鑑みたら、ヴィオラの方から文句なんて言えるはずもない。

「わかった。ソメカイタケだな——侍医に、治療の際はソメカイタケの中毒症状を考慮するよう伝えてくれ」

「かしこまりました」

この青年は、リヒャルトの護衛や侍従といった役割の人なんだろう。リヒャルトの命令を聞くなり、一礼して出て行ってしまう。

「——それで、だ。ヴィオラ姫。君の言うことは信じがたい一面もある。君の味覚を確認させてもらえないか」

「それは、かまいませんけど……」

背後に付き添ってくれているニイファがなんとなくムッとしたような気配は察知したけれど、普通なら信じられないような話なのでしかたない。

ニイファには残ってもらって、リヒャルトに連れられ、クィアトール宮の外に出ると、そこには馬車が待っていた。

先にリヒャルトが馬車のそばに立ち、ヴィオラが乗るのに手を貸してくれようとする――そこで彼は差し出しかけた手を引っ込めた。

「先ほどから歩き方がおかしいが、どうした？　もし、怪我をしているようなら抱えていくが」

「ただの靴擦れだから大丈夫です。サボを履いているし」

昨日、数時間にわたって庭園をさまよったのだ。華奢な晩餐会用の靴で歩き回ったせいで、あちこち靴擦れになってしまった。

そう説明したら、リヒャルトはますます困ったような顔になった。

「それは、こちらの不手際だ。晩餐会の会場から追い出すにしても――帰る手段くらいは、用意しておくべきだ。しかも」

「昨日のは……もういいです。私も、もうちょっと上手に話を進めればよかったんです」

差し出がましいとは思ったけれど、リヒャルトの言葉を途中で遮るみたいにして話を打ち切る。

「私の説明のしかたもよくなかったと思うから」

そうつけ加えたら、彼はますます申しわけなさそうな表情になった。

(意外と、誠実、かも?)

ここにきて、急にヴィオラのリヒャルトに対する評価は急上昇した。

彼は湖に落ちたヴィオラやニイファを命がけで救ってくれたのだから、そもそも低評価だったのが失礼だ。

「あの、私……改めてお礼を言わせてください。私とニイファを救ってくださってありがとうございます」

あの時、自分だけ救い出されていたら、きっと今頃こんな穏やかな気持ちでここにいることはできなかっただろう。

ニイファは、ヴィオラにとってはただの侍女ではない。姉のように慕ってもいるし友人でもある。今のヴィオラにとっては一番大切な人なのだ。

「あの時、君はきちんと礼をしてくれた。俺は当然のことをしただけだし、気にするほどのことじゃない」

黙り込んでしまったヴィオラの沈黙を、リヒャルトは無理に破ろうとはしなかった。

やがて馬車は、昨日訪れたばかりの太陽宮ではなく満月宮に到着する。

「わわ、な、なにするんですか！」

「足が痛いんだから歩かせるわけにはいかない」

リヒャルトに抱き上げられ、ヴィオラは慌てた。子供じゃないんだから、抱っこされなくても自分の足で歩くことができる。

「た、ただの靴擦れですよ！　たいした怪我じゃないです！」

「靴擦れを起こさせたのは、こちらの責任だからな」

足をばたつかせるけれど、下ろしてもらえない。リヒャルトに抱えられたまま満月宮に入ると、出迎えてくれたのは、数人の騎士だった。

(……満月宮は、皇帝と皇妃の住まいよね。皇帝はもっぱら、ティアンネ妃の宮――なんて言ったかな――で生活してるって話だけど)

皇帝がめったに来ないからか、ここは空気が沈んでいるみたいに感じられた。

「ここだ」

リヒャルトがヴィオラを連れて行ったのは、小さな部屋だった。質素で、皇宮の中でも使用人達が使う部屋のように見える。

(……いい香りがする)

意図せず鼻がひくりとした。ひょっとしたら、厨房が近くにあるのかもしれない。

「あまり公にはしたくないので、ここを使うことにした」

あまり公にはしたくない、と彼が言ったということは、やっぱり皇帝はこちらに来ることはあまりないのだろう。建物内に人の気配はほとんどないように感じられる。

「それで……どうやって調べるつもりですか？」

「これから、何種類かの料理を用意させる。その料理に使われている食材を教えてくれ」

ここで隠すつもりもないので、素直にうなずいた。

リヒャルトが合図をすると、ヴィオラの前に運ばれてきたのはスープだった。昨日と同じようにキノコのポタージュだ。

ヴィオラは慎重にスープを口に運ぶ。生クリームとバター、それに火を通したキノコ類を丁寧に裏ごしして仕上げたものだ。

「キノコのポタージュですね。基本的には昨日と同じ作り方をしていると思います。材料は、生クリーム、バター……キノコが五種類。ただ、昨日と違って、ソメカイタケは入っていませんね？　あとのキノコは、マッシュルーム、ポルチーニ、それから——この国でだけ採れるルミネラと……」

広がる濃厚なキノコの香り。とてもおいしいポタージュだ。五種類のキノコも無事に当てられてホッとする。

「では、次」

正解だった、とも誤りだった、とも言わずに次の料理が出される。それは、料理というよりはソースだった。

「サラダに使うソースだ。この材料はわかるか？」

「やってみます」

スプーンにすくったソースをひと舐め。とても爽やかな香りのするソースだった。

「味付けは塩コショウですが……オリーブオイル、ワインビネガー、これは砂糖ではなくて蜂蜜の甘みですね。それから……ニンジン、玉ねぎ、この香りはオレンジのものでしょう。あとは——」

今度も、正解か不正解かを教えてもらうことはできなかった。

そして次に出てきた肉料理は、たとえるならばハンバーグに近いだろうか。ひき肉を捏ね、さまざまな具材と混ぜて焼いたものだ。

「このお肉は豚のものと……牛のものが混ぜられていますね。野性的な風味を加えているのは、イノシシ……でも、ほんのちょっとですね。豚と牛だけだと言われても信じると思います。あと、この香りはセロリ、つなぎはパン粉と卵。香りづけのローズマリーは、もう少し控えた方が私は好きです――その他のハーブも何種類か使われていますね」

それから、使われているハーブの種類をひとつずつ挙げていく。口を開く度に、驚いてみたり、うなずいてみたりとリヒャルトの表情が変化していく。

「では、最後。肉料理に使うソースだが、これはわかるか？」

少し意地の悪い表情になったのは気のせいだろうか。ヴィオラは差し出されたソースの皿に匙を入れる。

ひと口、口に入れて口内で転がしてみた。

「子牛の肉から取ったスープで作ったソースですね。焼いてから煮出したものでしょう。玉ねぎ、セロリ、それにトマト、ニンニク、ニンジン……タイムも入ってますよね……。たぶん、カシスジャム。んん……？」

考えながら、さらにいくつかのハーブの名前を上げるが、あとひとつ、あとひとつなにかが入っているのに、それがなんなのかわからない。たぶん、食べたことのない食材だ。

考え込んでいると、リヒャルトがこちらを覗き込んでくる。

「どうした？　これで終わりか？　それなら、終了だと言ってくれ」

「ごめんなさい、わかりません。あとひとつ、ショウガに似た風味のものが入っているのですが、ショウガじゃないんです。食べたことがない食材なので、名前がわかりません」

「それは、チャルディアというハーブだ。我が国にしかないと思う」

「それって意地悪じゃないですか？　食べたことのない食材の名前を当てることはできませんよ！」

ぷいと顔をそむけたら、リヒャルトが意外にも軽やかな笑い声を上げた。

「今のは俺が悪かった。だから、そうむくれないでくれ」

顔をそむけたままのヴィオラだったけれど、リヒャルトが不意に手を取ったのでびっくりしてしまった。

「……あの」

「君の舌を疑ったことを謝罪する。チャルディアをショウガと間違えるのではないかと思ったのだ。チャルディアがなければ、代用品としてショウガを使うこともあるそうだからな」

「一瞬、ショウガかとは思いましたけど、でも、やっぱり違うかなって」

出されたものがどれもおいしかったのは否定できない。

特に最後のソースは、焼いた肉にかけたら最後に残る甘みと酸味が肉の脂をさっぱりさせてくれるのではないかと思う。

「晩餐会の時、君の言葉を疑ったことも合わせて謝罪する」

「それも、もういいんですけど……」

何度も謝るので、むしろ申しわけないような気がしてきてしまう。

「終わったなら、私は帰りますね。ニイファも心配していると思うので」

立ち上がりかけたヴィオラを、リヒャルトは引き留めた。

「君のおかげで母も助かった。もしポタージュを全部飲んでいたら、もっと重症になっていただろう。あまり身体の丈夫な人ではないから」

（そういえば、アデリナ皇妃ってよく公務をお休みするのよね）

病気で引きこもりがちのため、皇妃の公務は皇妃でなければならないものを野添で、二妃であるティアンネ妃が代行していることが多い。それもまた、皇妃が軽んじられるひとつの理由だった。

「お役に立てたなら、よかったです」

「今後は兄のように頼ってほしい。俺にできることがあれば言ってくれ。そのためにも、まずは名前で呼んでもらおうか」

「ありがとうございます、殿下。そのうちなにかお願いするかもしれません」

分不相応な行動はとらない方がいい。

世界史の授業でも学んだ。身の丈に合わない野心を抱いた者は、結局不幸な最期を迎えることが多いと。

ようやくザーラの手から逃れることができたのに、リヒャルトと必要以上に親しくなって、ここで目立つ必要もないだろう。素直に感謝の言葉だけを口にする。

「……リヒャルト」

そうしたら、にっこり笑って訂正された。本当にいいんだろうか。迷っていたら、彼はさらにこう続けた。

「そうしてくれると俺も嬉しい」

「あ……ありがとうございます、リヒャルト様」

地味に、目立たず。この国で穏やかに生きていくことができればそれでいい。そう思っていたはずなのに。

「では、クィアトール宮まで送ろう」

「ありがとうございます！」

子供の顔をして、微笑みは崩さない。そうしていることだけが、この国で生き残る手段なのだ。

第三章　帝国皇太子が兄貴分……ですか？

その翌日、リヒャルトは再びクィアトール宮を訪れた。

（こんなにしょっちゅう来てたら、ここに住んでる人達が、何かあるんじゃないかって心配しそうな気もするけど）

とは思ったけれど、来るなとも言えないので、昨日と同じ面会の間で応対する。

「何かありましたか？」

昨日のようにニイファに背後に立ってもらい、不安を隠しきれずに問いかけると、彼は首を横に振った。

「これは父上からの謝罪だ。きちんと、公的な書類という形にしてある」

「わざわざ、ありがとうございます」

皇帝が謝罪をするとは思ってもいなかった。

それに、ヴィオラの味覚が並外れて鋭いということを証明できたのは昨日のこと。

昨日の今日で公的な書類を整え、謝罪までしてくれるというのはきちんと誠意を示してくれた証拠でもある。

「君のおかげで適切な処置ができたからな」

「でも、どうして昨日私のところに来たんですか？」

「君が、毒キノコが入っていると叫んだのを思い出したから」

リヒャルトが表情を緩める。

今日の彼はひとりだ。昨日一緒に来た青年はどうしたのだろう。

「まだ足が痛むか？」

「もう大丈夫です。今日は普通の靴が履けたんですよ」

あのあと、リヒャルトが騎士団で使っている薬を届けてくれた。その薬はとてもよく効いて、傷口も完全に塞がった。今は、踵が擦れても痛みを覚えることはない。

「足が痛くないなら、俺と一緒に出かけないか。騎士団の訓練を見学するとか、庭園の花を見に行くとか。来たばかりで、見ていないものもいろいろあるだろう」

「騎士団！　騎士団の訓練が見られるんですか？」

ヴィオラの目がきらりと輝いた。

読書好きなヴィオラが最も好んで読む本は騎士の冒険譚だ。ドラゴンを退治して可憐なお姫様を救い出したり、魔王と対決したり。

冒険譚は読んでいてワクワクする。それは、記憶を取り戻す前のヴィオラが、人前に出ることを嫌い、室内で過ごす時間が多かったからかもしれない。

「見せてもらえたら嬉しいです！　国にいた頃はそんな機会がなかったので」

たぶん、頼めば誰か見せてくれたかもしれないけれど、ヴィオラのためにそんな手間を取らせるわけにもいかなかった。

祖国にいた頃の自分――そして、前世を思い出す前の自分は、息をひそめるように生きていたのだなと、ここに来て改めて思う。

「ニイファ、ヴィオラ姫の支度をしてくれ。今日は風が冷たいから、ドレスの上に一枚羽織っておいた方がいい」

「かしこまりました」

リヒャルトへの反抗心はまだ少し残っているみたいで声は固いけれど、ニイファは丁寧に頭を下げる。

慌てて外出用のドレスに着替えたヴィオラは、上からふわっとマントを羽織った。

そうして、出かける支度が調ったあとのことだった。

「え？　リヒャルト様の前、ですか？」

「そうだ。馬車よりこの方が早いだろう」

（……聞いてない……！）

心の中で叫んだけれど、もう遅かった。

あまり目立たないようにしようと思っていたのに、これだ。

リヒャルトに抱えられて馬に乗るなんて目立って仕方ない。

けれど、彼の厚意を無駄にするわけにもいかなくて……。

混乱している間に、リヒャルトに抱え上げられ、気がついたら鞍に横座りにさせられている。

スカートだから、馬にまたがらせるわけにはいかないということなのだろう。

（いや、わかるんだけど……わかるんだけど、これってどうなんだろう……でも、そうか、リヒャルト様にとっては、私は子供、だし……！）

彼氏のひとりやふたりでもいればまた違ったのだろうけれど、前世でも、男子と密着する機会なんてなかった。せいぜい体育祭でのフォークダンスくらいか。

とにかく、自分の置かれている状況に頭がついてこない。

まるで物語のお姫様みたいだ。実際〝ヴィオラ〟はお姫様ではあるけれど、ニイファ以外からお姫様扱いされたのなんて初めてといってもいいくらい。

「どうした、馬に乗るのは初めてか。怖いなら俺にしっかり掴まっておけ」

「こ、怖くなんてありませんよっ！」

叫ぶみたいにそう言ったけれど、声が震えているのだから強がりがまるわかりだ。

リヒャルトの笑い声が頭の上から降ってくる。

(だって、しかたないじゃない……ドキドキするんだから)

身体はまだ十二歳。でも、精神は十八歳。見た目麗しい男性と密着して平気でいられるはずがない。

「騎士団の訓練って簡単に見られるんですか?」

子供だから大丈夫。子供だから大丈夫。

心の中で繰り返し自分に言い聞かせる。

リヒャルトだって、子供のヴィオラのことをなんとも思っていないから、しっかり掴まっておけなんていう提案をしてきたのだろう。

だから、ヴィオラが胸の高鳴りを表に出さなければ、なんてことはないのだ。

広い皇宮内を、リヒャルトはゆっくりと馬を歩ませる。最初のうちはびくびくしていたけれど、少しずつ周囲の様子をうかがう余裕も生まれてきた。

(……けっこう、使用人の数は多いのね)

庭の手入れをしている人だけでもかなりの人数な気がする。やはり帝国は栄えているということなんだろう。

華やかな花々に彩られた庭園を通り抜け、馬は皇宮の裏手に向かう。その先は、騎士達の官舎がある区画だ。

騎士団に所属する騎士は、大半が平民だ。上位騎士は、貴族の出身の者も多いけれど、彼らの多くは長男ではなく、家を継げないために騎士団での出世を望むという話だ。

そばにいた騎士に馬を預けたリヒャルトは、ヴィオラを訓練場の方に連れて行ってくれる。

「新入り達は素振り五百回。手合わせをする者は、こちらに来い！」

近づいていくと、ちょうど訓練が始まるところだったようだ。訓練中の騎士達は、掛け声と共に移動を始めた。

きちんと列を作って並び、素振りを始める新人騎士達。それを見て声をかけ、指導しているのは先輩騎士なんだろう。

一方、訓練場の隅には人の輪ができている。ここで手合わせを始めるようだ。

「……すごいですねぇ……！　みんな、すごく強そうです！」

ヴィオラの目がキラキラと輝いた。

自分の国にいた頃は、騎士達の訓練を見る機会なんてなかったのだ。それが誰の差し金であるのかもちゃんとわかっていたから、無理を言って見学に行くこともなかった。

「そうか？　この国は、周囲の国を守る役目も負っているからな。その分、騎士達の訓練は厳しいものとなる」

彼らが皆、険しい顔をしているのもリヒャルトの言葉を表しているようだ。この国は、他の国より上の立場にあると自負しているし、他国間の争いにも仲裁に乗り出してくる。

実際、どこの国にも不満を言わせないだけの強さを持っているし、その力を保持するためには厳しい訓練が欠かせないのだろう。

「私も、助けてもらいました」

水中では思うように動けないだろうに、湖に馬車が転落した時も、騎士達はなんのためらいもなく手を貸してくれた。

「そんなの当然だろう。我が国が、ヴィオラにこちらに来るようにと命じたのだからな」

「でも、盗賊に襲われるなんて、想定していなかったでしょ？」

そんなことを話していたら、向こうから背の高い青年が駆けてくるのに気がついた。

昨日、リヒャルトと一緒にクィアトール宮を訪れた青年だ。

「どうした、セス。午後は自由にしていいと言ったはずだが」

「——殿下。ミナホ国からの貢物が届いたのですが……」

セスと呼ばれた青年は、リヒャルトと同じくらいの年齢だろうか。明るい茶色の髪は癖が強いようで、渦を巻き、あちこちに跳ねている。同じ色の瞳はくるくるとよく動き、彼の感情を如実に表していた。

ひと言でいうならば、今の彼はとても困っている。

「ああ、ヴィオラ。昨日は紹介していなかったな。こちらは、セス・ジェリエン——俺の護衛騎士だ」

「セスとお呼びください。殿下は、皇宮の中では護衛は不要とおっしゃるので、俺の役目はほとんどないも同然なんですよ」

愉快そうに目をきらめかせながら、セスは胸に手を当て、ヴィオラに対して騎士団式の敬礼をする。それからヴィオラの手を取った彼は、ゆっくりと手の甲に口づけた。

一人前の淑女に対する扱いに、耳がかっと熱くなる。

（こういうのに、ちょっとだけ憧れてたのは否定しないけど！）

この世に生を受けて十二年。

日陰で暮らすことを強いられていたヴィオラも王女だ。こうやって、一人前の淑女としての扱いを受けるということに憧れを持っていた。けれど、それが現実のものとなるとやはり動揺しているのをごまかすみたいに口にした。

「リヒャルト様は、とても強いんでしょ？」

「もちろん。ヴィオラ様の馬車が湖に転落した時も――」

「よけいなことを言うな」

セスの言葉をぴしゃりと遮ったリヒャルトだったけれど、不快な様子は見受けられない。

どうやら、セスとは友好関係にあるんだろう。護衛騎士というセスの立場でこの振る舞いが許されるのなら、親友に近いのかもしれない。

「……それで、貢物がどうかしたのか？」

「ミナホ国から食べ物が献上されたのですが、初めて見る食材でして。宮中にミナホ国に詳しい者がいないので、市中に出て探す許可を得たいのです。騎士団ならば問題なく食べられるだろうということで回ってきたのでしょうが、我々だって知らない食材は食べませんよ」

セスがちょっと不機嫌な顔になった。その理由がわからず気にかかったけれど、もっと気になることがある。ヴィオラはリヒャルトの袖を引いて言った。

「ミナホ国って……聞いたことないんですけど」

大陸にある国については、歴史と地理の授業で習ったことがある。だけど、ミナホ国なんて聞いたこともない。答えてくれたのはセスだった。

「海の向こうにある国なんですよ。以前から商人の行き来はあったのですが、最近、こちらの大陸にある国と正式に国交を開きたくなったようです」

「とりあえず、実物を見てみようか。ヴィオラ、見学が途中で申しわけないが一緒に来てくれないか。リンデルトを紹介しておきたい」

「わかりました。一緒に行きます」

見学が終わってしまったのは残念だけれど、リヒャルトが引き合わせたいという相手であれば、早めに会っておいた方がいいだろう。

騎士団の使っている厨房の隣にある部屋に、その貢物は運び込まれていた。部屋の中で待っていた中年の男性が、リヒャルトに頭を下げる。

「殿下、お待ちしておりました。そちらの姫君は――」

「晩餐会の件で的確な助言をしてくれた、イローウェン王国のヴィオラ姫だ。俺の妹分だと思ってくれ」

「ああ、あの姫君でございましたか。リンデルト・ジェリエンと申します。そこにいるセスの父親でございます」

先ほどのセスと同様、ヴィオラを一人前の淑女として扱ってくれたリンデルトは、五十代と思われる男性だった。騎士としてこの城に仕えているらしく、身に着けているのは騎士団の制服だ。

襟が高く、喉まで詰まった騎士団の制服は白が基調で、赤と金で装飾が施されている。上着の裾は、くるぶしに届きそうなほど長い。茶のベルトに剣を吊った彼は、セスとよく似た容姿の持ち主だった。

明るい茶色の髪は、セス同様にくるくるとしていたけれど、半分くらい白髪になっている。けれど、背筋はまっすぐに伸びているし、肩幅も広い。きびきびと歩く姿は、まったく年齢を感じさせせないのだ。

ヴィオラも挨拶を返したところで、さっそく献上品と向かい合う。それが入っているという大きな壺を見て、ヴィオラは首をかしげた。

「私も見てみたいです。開けても？」

「あまりおそばに寄らない方が――大豆を使った食品ということでしたが、大豆とは思えない状態なのですよ……香りがちょっと、ですね」

大豆は比較的育てやすく、世界中どこでも栽培されているという話を前世で聞いたことがあった。こちらの世界の野菜にはあちらと同じものもあるけれど、まさか大豆がここに存在しているとは思っていなかった。

「そばに寄らない方がいいって……？　嘘っ！」

蓋を開けられた壺の中身を見てびっくりした。

そこにみっしりと詰められていたのは、前世ではとてもなじみ深い食品だったのだ。この世界に、ヴィオラと同じように前世で日本人だった人がいるのだろうか。

「私、これ知ってます。食品と言うか……調味料、でいいのかな……？」

「ヴィオラは、これがなんなのか知っているのか？」

「はい。〝味噌〟です。スープの味付けに使ったり、あとはお肉やお魚を漬け込んだりしてもおいしいです」

「食費の削減に使えるという話だったが、調味料ではな……」

食費の削減とはどういうことだ。首をかしげていたら、リンデルトはヴィオラに教えてくれた。

「騎士団員には平民出身の者も多いので、食事はだいたい質より量――なのですよ。身体を動かしますしね。まずいというわけでもないのですが」

平団員は安いくず肉、上の者は上質の肉という具合に、階級によって騎士団の食事は若干変わるらしいが、一番大切なのはとにかく量なのだそうだ。

「それでも、ここにいれば一日三食きちんと食べることができるからな。平民出身の者にとってはありがたいそうだ」

と、リヒャルトが補足してくれる。

「だが、困ったな。騎士団付きの料理人は、こんな調味料の使い方は知らないだろう。ミナホ国に詳しい者を探すしかないか」

困惑しているリヒャルトの顔を見ていたら、手を貸してあげたい気がしてきた。

「……もしよかったら私に料理させてもらえませんか？　おいしいかどうかは保証できないですけど、使い方はわかるので」

「ヴィオラは料理ができるのか？」

「ちょっとだけ、です。こちらの厨房には慣れてないし……道具も……どうかな。でも、なんとかなるんじゃないかなって」

ふむ、とリヒャルトが考える表情になる。

「騎士団全員分を作れというのは無理だろうな。まずは、四、五人分くらい作れるか？」

（……疑わずに、料理させてくれるんだ……？）

ヴィオラがその気になれば、リヒャルトに毒を盛ることだってできる状況だ。

それでも、リヒャルトが信頼して厨房を任せてくれるというのが、なんと言えばいいのか。とにかく気持ちいい。

「よろしいのですか？　ヴィオラ様。今日のご予定などは」

「予定はなにも入ってないから大丈夫。だから、お手伝いさせてください」

リンデルトが気遣ってくれるが、こちらの世界で初めて味噌を見た。料理する機会が今後そうそうあるとも思えないし、久しぶりに調理台の前に立てるのだとわくわくする。

騎士団の厨房に案内してもらうと、そこはヴィオラが思っていたよりずっと広かった。

ガス台はなく、薪で熱を加える料理用ストーブやオーブンなどが備えられてはいるものの、初めて使う調理器具なので、凝った料理にはしない方がよさそうだ。

調味料も基本的なものしかなかった。塩、コショウ、砂糖にハーブ類。ワインビネガーをはじめとした酢が何種類か。それから、調理用のワインなどがそれぞれの保管場所に並べられている。

味噌を初めて見たという話から想像はできていたけれど、醤油やみりんなどは見つからなかった。

（鰹節も煮干しもないから味噌汁ってわけにもいかないわよね……それに、パンにも合いそうなものの方がいいよね……？）

棚に並ぶ調味料を、頭の中で組み合わせながら考え込む。

「肉の貯蔵庫を見せてもらえますか？　豚肉がほしいんです。あと、キノコとニンジンと……」

前世では、鰹節と昆布から取った出汁で味噌汁を作っていたが、鰹節も昆布もここにはない。豚肉とキノコをたっぷり入れた豚汁なら、豚肉とキノコのうまみでおいしくなると思う。

それから、鶏肉があったら味噌漬けを作ろう。もし味噌の香りが苦手なようなら、上からとろとろに熱したチーズをかければ食べやすくなる。味噌とチーズは相性がいいのだ。

必要な調味料や食材を揃えて向かった調理台は、ヴィオラよりはるかに背の高い人用だった。

「――やりにくい……！」

食材を並べながらぼやいていたら、リヒャルトがすかさず踏み台を用意してくれる。

「ありがとうございます。リヒャルト様――まずは、鶏肉の味噌漬けを作りましょう。本当は半日くらい寝かせておいた方がいいんですけど、今日はとりあえず、味見程度ということで」

祖母のレシピでは、味噌、砂糖、みりん、料理酒を混ぜ合わせた味噌に、鶏肉を漬け込むが、ここにみりんはない。

(みりんがないから……白ワインとお砂糖で代用できるかな?)

両親は飲食店を経営していたけれど、料理の基本を教えてくれたのは祖母だった。

一から材料を揃えず、〝あり合わせのものでおいしく作る〟が基本。作る料理を決めてから買い物に行き、料理本の通りに作るのなんて、初めてのレシピに挑戦する時くらいだ。

二度目からは、味付けを自分好みに調整してみたり、一部の食材を冷蔵庫にあったものに変更してみたりと、アレンジして作っていた。それでも、ちゃんとおいしく食べられる料理になったのだ。

(大丈夫、なんとかなる)

「すみません、ヨーグルトをください」

祖母の教えてくれたタレにヨーグルトを追加。こうしたら、味噌の香りが苦手な人でも食べやすくなるかもしれないし、ヨーグルトの効能で肉を柔らかくすることができる。

「これでどうするんだ？」

「味が染み込むまで待ちます」

漬け込んだ肉を厨房内の涼しい場所に置く。そして、今度は汁物に取りかかる。

「ここでキノコを使うとは――」

「ああっ、ごめんなさい！　でも、そうそう間違えるものじゃない……はずだから……！」

最後の方は、自信なさげになってしまった。

大丈夫、あれから食料保管庫に保管されているキノコは全部チェックされ、毒キノコは交ざっていなかったと確認されている。問題ない。

ニンジン、玉ねぎ、豚肉にキノコ類。それから大根に似た野菜があったので、それも使うことにする。材料はこれで十分だ。豚肉の入ったスープだから豚汁ということでいいだろう。

「すみません。豚肉をこのくらいの薄さに切り分けてもらえますか？」

「わかりました」

厨房の料理人は、自分達のテリトリーにずけずけと入ってきたヴィオラを面白く思っていないようではあるけれど、リヒャルトの口利きもあって指示に従ってくれる。

薄く切ってもらった材料を油で炒め、水を入れる。豚肉とキノコから出るうま味に期待して、味付けは味噌だけ。

「あつっ……うん、でもいい味付けになってる」

出汁を使わなかったから物足りないのではないかとちょっと心配していたけれど、豚肉とキノコのうまみに野菜の優しい味わいが加わって、ヴィオラの舌にはぴたりと合った味だ。

「どうでしょう？　味噌で味をつけたスープです」

小皿に取ったそのスープを、リヒャルトだけではなく、その場に居合わせた騎士達と料理人達に配った。

「なるほど。塩気だけじゃなくて……他にもいろいろ感じられるな」

「おいしいです、とても」

最初に口を開いたのはリヒャルトだった。セスがおいしいとつけ足したことから、騎士達も口々に感想を述べてくれる。その隣では、料理人達が早くも頭を捻り始めていた。

「豚肉ではなく、ベーコンを使った方が香りがよくなるかもしれないな」

「ベーコンを使うなら、このくらいの大きさに切って、バターで炒めてみてはどうでしょう?」

ヴィオラには十分おいしかったけれど、料理人達にとっては、まだまだ改良の余地のある味だったようだ。鍋を囲み、新たにスープをよそっては、舌の上で味を確認している。

(豚汁と考えるとバターは合わない気もするけど、〝スープ〟にするならありかな……?)

一度調味料として認知したら、料理人達の方がヴィオラより新しい使い道を探すのに適している。この国の人達好みの味付けにも詳しいだろうし、完璧な和食にこだわって放置するより、有効に活用する方法を見つけ出してもらった方がいい。

「えっと、漬け込んでおいた鶏肉を焼いちゃいますね」

使ったのは鶏の胸の部分。パサパサしがちな部分であるけれど、味噌ダレに漬け込んでおいたことで、しっとりと焼き上げることができる。

フライパンでじっくり焼いていると、リヒャルトが覗き込んできた。

「食欲をそそる、いい香りだな」

リヒャルトの視線が、ヴィオラの手元に集中している。じっと見られているので落ち着かない。

（やりにくいなぁ……）

「できました！」

本当は蒸し野菜やサラダを添えたい気分だが、今はそこまでは求められていない。

丁寧に切り分けてから、テーブルの上に置く。

「肉の味付けに少し甘みがあるのがいいな」

真っ先にリヒャルトがフォークを伸ばして口に運ぶ。

「鶏肉がパサパサになってないですね」

そう言ったセスが、リンデルトの方を向いて首をかしげた。リンデルトは早くも二切れ目に手を伸ばしている。

「父上、新しいものに挑戦するのは苦手なのでは？」

「せっかくのヴィオラ様の料理だからな。姫様の手料理をいただく機会なんて、めったにないだろう」

幸い、味噌漬けにした肉を焼いたものも好評だったようだ。とろけたチーズを追加する必要もなかった。

（外国の人は、日本人とは味覚が違うと聞くから心配だったけど、よかった）

外国で日本食が受けているとはいえ、なじみのない食材に戸惑った人だって多かったはず。この国に住む人々の味覚は、日本人より外国の人に近そうだから不安だった。

それでも、汁物と肉料理が受け入れられて、少し安堵した。

「なるほど、このように使うのですな。これは騎士団の厨房でいただきましょう。重宝しそうだ」

「これから寒くなりますから、身体を温めるスープを作るのにいいかもしれません」

料理人達にとって、常備しておくべき調味料だと判断されたみたいだ。

「あと、クリームチーズを数日漬けてもおいしいかもしれません。父が……いえ、そうするとおいしいって、どこかで読んだのを思い出しました。お酒に合うそうですよ」

クリームチーズを味噌漬けにしたものは、前世での父が好んだつまみだった。

自分の家でクリームチーズを漬け込んで、晩酌を楽しんでいる顔を思い出す。日本酒でも焼酎でもワインでも合うと言っていたけれど、一番好きなのは辛口の日本酒との組み合わせだった。

（ミナホ国……か……どんな人達が住んでいるんだろう……？）

味噌があるのなら、ミナホ国の食文化は日本にだいぶ近いのかもしれない。久しぶりに和食が食べたくなった。

「お手数おかけして申し訳ありません、ヴィオラ様。ミナホ国の使者は、説明するのを忘れて帰ってしまったようで……」

リンデルトが深々と頭を下げる。一国の使者が、献上品の説明をするのを忘れて帰るなんて、めったにないミスだ。

「そういうこともあるんですね」

「正式に国交を開こうとするのは初めてですからねぇ……なかなか難しいのです。言葉も通じませんから」

海の向こうの国なので、言語も大きく異なるそうだ。これからは、ミナホ国の言葉を学んで通訳を育てる必要も出てくるかもしれない。

「おかげで助かった。ミナホ国の使者に改めて礼を言うことにしよう。献上された品のお返しも届けなければならないしな」

騎士団の訓練の見学を最後まで見られなかったけれど、今日はもう時間切れだ。来た時と同様、リヒャルトの馬に同乗させてもらって宮に戻る。

おいしかった、とリヒャルトが褒めてくれて——なんとも言えず、胸のあたりが温かくなる。この感情は危険だと、頭のどこかから警告する声が聞こえてくる。

（わかってる。こうやってそばに置いてくれるのは、私が〝子供〟だから）

心の中で、その声にそう返事をした。

子供だから、リヒャルトのそばにいても、自分の国の利益のために彼を利用しようとはしない。

もちろん、ヴィオラの背後にいるイローウェン国王が考えていることも、きっと彼にはすべてお見通しなんだろう。そうでもなければ、この国の皇太子なんて務まらない。

「ヴィオラは、なんでも知っているのだな」

「そんなこと……ないですよ。おいしいものを食べるのが好きなだけです。それより、ミナホ国ってどんな国ですか？」

「詳しいことは知らないんだ。だが、海を挟んでいるから、文化はかなり異なっているんだろうな。我が国と国交を結びたいと言ってきたのも初めてのことだ」

「そうなんですね……どんな国なんでしょう。いつか、行ってみたいです」

叶わないとわかっていながらも、そう口にする。

叶うはずのない願いだ。海を越えるなんて。

ヴィオラは帝国の許しが出るまで、この国で暮らさなければならない。許しが出たら帰国できるけれど、そうなればザーラの嫌がらせが復活するだろう。

だけど、夢を口にするくらいなら許されるはず。

「いつか、連れて行ってやろうか。大きな船で。そうしたら、きっと自由になれるんだろうな」

「……リヒャルト様？」

今、一瞬。見てはいけないものが見えてしまったような気がした。自由になれるのだろうと口にした彼は、いつになく沈鬱な面持ちで。

故郷に帰ることができないヴィオラだからこそ、そう感じるのかもしれない。

「今、なにを考えたんですか？」

「いや、なんでもない。そうだな——、とにかく、今回はヴィオラのおかげで助かった。お礼をしなければならないな」

「お礼なんか必要ないです。それより……」

抱えられたリヒャルトの肩にそっと顔を埋めてみる。自分にもっと力があればよかったのに。そうしたら、きっと、彼の助けになることができた。

それきり口を閉じてしまったヴィオラを抱えたまま、彼は話題を変えた。

「礼は必要ない……か。それはともかくとして、近いうちに母上とのお茶会に来てくれないか？」

「皇妃陛下とですか？」

突然の誘いに驚いた。

リヒャルトの母であるアデリナ皇妃は、皇妃という立場にありながらも、表舞台に姿を見せることはほとんどない。それは、彼女の出自が関係しているのだろう。

彼女の母国、ウルミナ王国はとっくに滅んでしまっている。皇妃の地位にとどまっていられるのは、リヒャルトが皇太子であることから、皇妃に対する皇帝の思いやりであるとの噂だ。

「かまいません、じゃなかった……はい、喜んでお受けします」

リヒャルトにはかなりお世話になってしまっている。断るなんてできない。

――それに。

この国で生き残るには、まずは情報収集が必要だ。

満月宮からほとんど出ることはないとはいえ、皇妃は皇妃。少なくとも人質としてこの国に来ているヴィオラより、知っていることはたくさんあるはずだ。

（……私はここで生きていかないといけないんだから）

考えようによっては、いい機会なのかもしれない。

それきり、クィアトール宮に着くまで、ヴィオラは口を開こうとはしなかった。

＊　＊　＊

数日後、皇妃からのお茶会の招待状がヴィオラのもとに届けられた。招待状をヴィオラから見せられたニイファが驚愕の声を上げる。

「まあ、皇妃陛下からお招きいただくだなんて……しかも、今日の午後！」

「先日のお礼も兼ねているんですって。別にたいしたことじゃないのにね」

晩餐会で皇妃は、ヴィオラの発言を聞いて、キノコのポタージュにほとんど手をつけなかったそうだ。多少気分が悪くはなったけれど、寝込むほどの事態にはならず、そのことについてもヴィオラに感謝してくれているらしい。

「まあ、そうだったのですね。それならば、気合いを入れて用意をしなくては！」

なぜか、ヴィオラよりもニイファの方がウキウキとし始めている。

動き始めた彼女は、皇妃とのお茶会にふさわしいティードレスを探してクローゼットに駆け寄った。

国から持たされたものの中でも装飾が多く、年齢相応の可愛らしさが強調されたドレスを選ぶ。

「ヴィオラ様のあどけなさを強調した装いにしましょう」

「私、もう大人なんですけど……？」

外側は十二歳だけど、中身は十八歳だ。そして、この国では十五を過ぎれば立派な成人だ。大人だと主張してもいいと思う。

「いいえ、まだ子供ですよ、ヴィオラ様。それに――まだ子供であるということは、ヴィオラ様にとって、大切な武器のひとつなんですよ」

珍しくニイファがそんなことを言うから、ヴィオラは目を瞬かせた。大切な武器とはどういうことだろう。

「子供の前だとみんな油断しますからね。私が言いたいのは、そういうことです」

「……私が粗相をしても怒られないってこと？」

「それもありますね。前回、退室だけで済んだじゃないですか」

「あ、あれは……！」

あの時は、子供の悪ふざけで済んだけれど、もしもあの発言をしたのが大人だったら、退室を命じられるだけではなかったということか。

「頼りにできる人は誰もいませんからね。守りを固めるのは大切なことです。この際、使えるものはすべて使います」

穏やかな口調だったけれど、ニイファの言葉には決意が表れていた。

（……そうか、そういうことね）

ニイファがヴィオラに向けるのは、ゆるぎない忠誠心。前世の記憶を取り戻す前の〝ヴィオラ〟がニイファの心を救ったから。

だとしたら、その忠誠心に全力で応えなければ。ニイファの行く末も、ヴィオラの肩にかかっている。

「うん、わかった。ニイファの言う通りにする」

ニイファの言いたいことも、なんとなくわかった。

子供だからこそできること。

みんな、ヴィオラの前では口も軽くなるだろう。油断して本音をこぼしでもしたなら、それはヴィオラを守る一手となり得る。

「もうちょっと大人っぽくなりたかったな」

「それは、あと三年もすれば叶えられますとも。今使える武器は、今、使うべきです。それから……このリボンを御髪に飾って、手袋も忘れずに。真珠ボタンのついた黒い靴がよろしいでしょうね」

そんな話をしながら、ニイファはてきぱきとヴィオラの服装を決めていく。

そして、迎えの時間が来る頃合いを見計らって、ニイファはヴィオラの支度を調えてくれた。

選んだのは、ワインレッド色でフリルをたっぷり使ったティードレス。随所にレースもあしらわれているし、スカートがふわっとしているので、実際より小柄に見える。

髪は高い位置でふたつに分けて結い、そこにドレスと同じレースのリボンを飾る。

今日の風は少し冷たいので、さらにその上から白いケープを羽織った。

「わあ、リヒャルト様が迎えに来てくださったんですか?」

「ヴィオラを呼びに来るのに、他の者に任せるはずはないだろう。俺の妹分だからな」

妹分にした以上、全力で守ってくれるつもりらしい。本当に、あちこちに気を配ってくれる人だ。

満月宮へとゆっくりと馬車が走る中、リヒャルトはヴィオラの顔を覗き込む。

「緊張しているのか?」

「んー、そうですね。そうかもしれないです」

満月宮といえば、皇帝と皇妃、それからリヒャルトの住まいだ。そこで開かれるお茶会に招待されるのだから、気を張らないわけにはいかない。もっとも、リヒャルトは太陽宮の執務室の隣にある仮眠室に泊まることが多いらしく、満月宮にはあまり戻ってこないのだそうだ。

「あまり緊張しなくていい。母上と俺しか参加しないから」

本来ならそんなことまでしなくていいだろうに、皇妃は満月宮の前に出て待ってくれていた。明るい茶色の髪に同じ色の瞳。少し頬が痩けているように見えるのは、病気がちなせいだろうか。

（……具体的な病名がついているわけではないのよね、たしか）

ニイファが集めてくれた宮中の情報を思い出す。アデリナ皇妃の病は、どちらかというと心に起因するものだそうだ。

母国は滅亡、そして皇妃という立場にありながらも皇帝の寵愛が薄く、その地位は盤石というわけではない。そのため、息子であるリヒャルトは皇太子でありながらも、時として家臣達に軽く見られることもあるのだとか。

軽んじられるのは、リヒャルト個人の資質を疑問視しているわけではなく、後ろ盾が存在しないからだというのも皇妃の心に負担をかけているのだろう。

そんなことを考えながら、皇妃の前でスカートの裾をつまみ、最大限の敬意を込めて頭を下げる。

「いらっしゃい。ヴィオラ姫。食に対してたいそうな知識をお持ちだそうね。私の用意したお菓子が口に合うといいのだけれど」

ほっそりとした彼女は、ヴィオラに優しい笑みを向けてくれた。

彼女がヴィオラを案内したのは、真っ白な家具で統一された部屋だった。日当たりがよく、外の風は冷たかったのに、この部屋はぽかぽかとしている。

白いローテーブルには白いレースのテーブルクロスがかけられ、テーブルの上には、純銀製の茶道具とたくさんのお菓子が並んでいた。

テーブルのそばに置かれているソファーにも真っ白な布が張られている。壁際に置かれている花台に飾られている花も白で統一されていた。

座るように勧められたけれど、うっかりお茶をこぼしたら染みになってしまいそうで、ヴィオラの仕草はぎくしゃくとしてしまった。

皇妃を正面に、ヴィオラとリヒャルトが並んで座った。

「……この間の晩餐会でのあなた、本当にすごかったわ。ソメカイタケの味がわかる人なんていないもの」

「一度、食べたことがあるんです。それで大変なことになったから」

〝大変なこと〟の詳細はあえて言わなかったけれど、アデリナ皇妃はヴィオラの言いたかったことをちゃんと理解してくれたようだった。

「それは大変だったわね。いえ、昔のことはやめておきましょう。さあ、お茶が冷めてしまう前に召し上がれ」

「いただきます!」

ヴィオラはテーブルの上のお菓子に手を伸ばす。

クッキー、マカロン、フィナンシェ、スコーン……カップケーキはどれも鮮やかな色のついたクリームで可愛らしく飾られている。アーモンドを載せたケーキはひと口サイズ。

紅茶は、今までの人生でヴィオラが飲んだ中で一番香りが豊かだった。

緊張していても、おいしいものはおいしいとちゃんとわかる。

ヴィオラには食べるように勧めておいて、皇妃は紅茶ばかり口に運んでいる。クッキーを二枚食べたところでお腹がいっぱいになったようで、紅茶を飲むのもやめてしまい、ヴィオラにいろいろと話しかけてきた。

「リヒャルトは愛想がないから、相手をするのが大変でしょう?」

「そ、そんなことないです! いつも、優しくしてくれるし! 靴擦れがひどかった間は、ずっと抱っこしてくれたんですよ！」

皇妃の前では、リヒャルトの株を上げておいた方がいい。だから、この間リヒャルトが手を貸してくれたことはきちんと報告しておいた。

「こら、ヴィオラ、よけいなことを言うな！」

「まあ、リヒャルト。あなた、妹がいないからってヴィオラ姫に迷惑をかけてはだめよ？」

「そ、そういうわけではありません！」

リヒャルトがあせった様子になり、皇妃は声をあげて笑う。

「あなたはお料理が上手と聞いたわ。味噌を使ったお料理だそうね」

「ありがとうございます。もっと小さかった時、お城に出入りしていた商人から教わったんです。覚えていてよかった。聞いたことなかったけど、ミナホ国と交易していたのかも」

ミナホ国のことなんて、この間騎士団の訓練場に行くまでまったく知らなかった。かといって、前世のことを持ち出すわけにもいかない。国元のことまでは詳しく聞かれないだろうと、とっさに話を作る。

王女なのに料理ができる理由を聞かれたらどうしようかと思ったけれど、その心配は杞憂に終わった。

「私ね、子供の頃……ミナホ国の女の子と友達だったの」

皇妃の話はどこに転がっていくかまったく予想できない。とっさにヴィオラはクッキーを取り上げ、それをかじることで間を持たせようとした。

正式に国交を開いていたわけではないけれど、かつてウルミナ王国には、ミナホ国の商人が出入りしていた。皇妃と友人だったミナホ国の女の子は、その商人の娘だったそうだ。ミナホ国は銀がたくさん採れること、そして美しい絹の布を作る技術を持っていたことから、銀と絹をウルミナ王国に運んで売り、ウルミナ王国では酒や宝石、鉄などを仕入れて帰っていったという。

「年に一度か二度しか来なかったけれど、滞在している間は毎日のように遊んでいたわ。とても仲良しだったのよ」

危険な海の旅に同行していたということは、きっと勇気のある女の子だったんだろう。

そんなことを思っていたら、アデリナ皇妃はヴィオラの前にカップケーキの皿を置いてくれた。

「彼女のご馳走してくれる珍しいお菓子がとても好きだったの。なんて言ったかしら……？　パンケーキの生地の間に甘いクリームを挟んだお菓子。あれがとても好きだったわ」

（パンケーキでクリームを挟んだもの？　それなら、この国でも作れそうだけど）

このカップケーキにも、甘いクリームがたっぷりかけられている。

「豆で作ったクリームなのですって。とても甘くて、珍しい味だったわ。こちらに来てから、厨房の料理人に頼んで再現してもらったこともあるんだけど……」

皇妃はふっとため息をついた。どうやら、再現はうまくいかなかったみたいだ。

（餡のことだと思うんだけど、お豆を甘く煮るって……こちらではあまりやらないものね）

この国でもさまざまな豆が流通しているが、豆に甘い味付けをするという文化がない。

「そのお菓子、そんなにおいしかったんですか？」

「ええ、二枚のパンケーキの間にクリームが挟んであって、こんな風に手で持っていただいたの。そのクリームをつけたお米のお菓子もいただいたことがあるわ」

たぶん、それはどら焼きのことだ。豆のクリームというのは餡のことだろう。

基本的などら焼きの生地は、パンケーキの材料と同じ、小麦粉、砂糖、卵、ベーキングパウダーだ。

生地の配合を変えたり、蜂蜜や、牛乳を足したりと、作る人の工夫によってレシピは若干変わってくる。

クリームをつけたお米のお菓子というのはよくわからないけれど、あんころ餅とか餡団子とかだろう。おはぎという可能性もある。

（こんなところで、和菓子が好きな人に会うなんて）

もう和菓子の話をすることなんてないと思っていたから、皇妃の話に驚いてしまった。ミナホ国からの使者が国交を求めてやってきていたというのも、案外ヴィオラにとってはいい方向に話が進もうとしているのかもしれない。

「今後、ミナホ国とは国交を結ぶのでしょう？　お友達と会えるかもしれませんね」

「……どうかしら。私のところにまでは、ミナホ国の使者は来ないと思うの」

皇妃の言葉は、この皇宮で自身がどんな立場に置かれているのかをヴィオラにもわかりやすく説明してくれたものだった。

リヒャルトが唇を結んで、顔から表情を消そうとするのがちらりと見えた。

「そういうものなんですね、ごめんなさい」

それを見て気がついた。今日のリヒャルトは、最初に会った時よりずいぶん表情が豊かだ。けれど、それ以上にヴィオラが気になっていたのは。
友人の思い出話をする時は、皇妃がひときわ嬉しそうな顔になることだった。

第四章　市場にお買い物に行きましょう

（皇妃様、好きなものだったらもうちょっと食べられるんじゃないかな……）

　リヒャルトの許可を得て、ヴィオラは改めて騎士団の訓練の見学にやって来た。はた目には熱心に見学しているように見えるだろうけれど、ヴィオラの意識は完全に逸れている。

「――様、ヴィオラ様」

「わわっ、びっくりした！」

「ボーッとなさっているので、なにごとかと思いました。とっくに訓練は終わっていますよ？」

　にこにことしながらヴィオラに声をかけてきたのはセスだ。リヒャルトの護衛だけというわけではなく、侍従と親友も兼ねているらしく、ヴィオラと顔を合わせる機会も多い。

「全然、気がついてなかった。どうしよう……！」

　この場に残っているのが自分ひとりだということに気がついて真っ赤になった。訓練を見に来たはずなのに、全然見ていなかったのがバレバレだ。

「うんうん唸って、考え込んでらっしゃるようでしたので」

「ああ、それはね……」

セスは、リヒャルトにとても近い位置にいるから、きっと親子の関係についてもよく知っているだろう。

先日のお茶会のことを話すと、セスはものすごい勢いで何度も首を縦に振った。

「わかりますわかります。ぎこちないですよね、あのふたり……距離があるというか」

「そういうのって、ちょっと……ううん、ものすごく悲しいと思うの。だって、私――」

前世の思い出を口にしかけて、慌てて口を閉じる。

今、ここにいるのは〝ヴィオラ〟だ。前世のことなんて持ち出すべきじゃない。

ヴィオラが知っているのは、自分達のことばかり考えている継母、その継母の言うままにヴィオラを疎外してきた父。母国にいた間、ヴィオラのことを大切にしてくれたのは、ニイファだけだった。

「でも、それはヴィオラ様が心を砕いたところでどうにかなるものでもないでしょうに」

「それは、わかってるの。そうじゃなくて……うん、なんて言ったらいいのかな……皇妃様とリヒャルト様が、もっと楽しくお茶を飲めたらいいと思うの」

お茶会の時、少し場が和んだのは、皇妃が親友だったというミナホ国の少女との思い出を話してくれた時だった。その時、彼女の表情がうんと若返ったように見えた。彼女がまとっている沈鬱な雰囲気も消え失せ、とても楽しそうに見えたのだ。

「ねえ、セス。ミナホ国の食材を手に入れられない？」

「市場に行けばあるかもしれませんね。ミナホ国の大使が滞在することになったとかで、商人達も海を渡ってこちらに来ているようです。彼らのためにミナホ国の食材を商う店が市場に出店を始めたとか」

（お店があるなら……たぶん、小豆もあるんだと思うけど……）

クィアトール宮の厨房も、頼めば貸してもらえるだろうから、材料さえ揃えられれば作ることができる。

だが、ヴィオラは王族にふさわしい待遇を与えられているとはいえ、人質なので許可なしに出かけることはできない。

厳重に警戒されているわけでもないから、許可を得れば一定の範囲内で観光して回ることもできるが、その許可を得るのも大変だ。

「俺からリヒャルト様にお願いしてみましょうか。リヒャルト様だって、このままでいいとは思っていないと思うんですよ」

（本当に、それでいいのかな……？）

セスの顔を見上げて考える。もちろん、セスがその役目を引き受けてくれたらとても楽なのだ。

セスが言えば、リヒャルトも真面目に取り合ってくれるだろう。

――だけど。

それが正しいとはヴィオラには思えない。ヴィオラがやりたいと思ったのだから、自分できちんと対応すべきだ。

「私からお願いしてみる。リヒャルト様は、今、太陽宮にいるの？」

「よければ、俺がお連れしましょう。俺なら、面会の許可も必要ありませんからね」

セスに連れられて太陽宮の方へと歩いていくと、行き交う騎士や、役人、侍女達などが軽く頭を下げていく。彼らに声をかけたり、かけられたり。

リヒャルトとセス以外はほとんど知り合いのいないヴィオラにとっては、彼はこの皇宮にとても馴染んでいるように見えた。

「セスは、いつからこの宮で働いているの？」

「そうですね……生まれた時から、でしょうか」

生まれた時からって、この国はそんな小さな子まで働かせるのか。びっくりしていたら、セスはくすくすと笑った。

「いえね、俺の父は、もともとトロネディア王国の出身で。ティアンネ妃の輿入れに際して、護衛としてこの国に来たんですよ」

「そうだったの？」

「今でも、父はティアンネ妃の護衛隊長です。そして、皇宮内でティアンネ妃の侍女を務めていた母と恋に落ちたんですね。あ、母はこの国の伯爵家の娘なんですよ。婿入りした父が爵位を継いだので、父がジェリエン伯爵ですね」

セスの話によると、リンデルトの働きぶりを見込んだ伯爵、つまりセスの祖父が、娘の婿としてリンデルトを迎え入れたらしい。

「……でも」

それなら、セスがリヒャルトの側仕えとなった経緯がわからない。

親子でティアンネ妃に仕えていてもおかしくない気がするのだけれど。

「ティアンネ妃は一度身ごもったことがあったんですよ。無事に生まれていれば、今のリヒャルト様と同じ歳でした。俺は、その子の遊び相手になるはずだったんです」

ティアンネ妃に親子で仕えるはずだったのが、セスだけリヒャルトの側仕えになったそうだ。

「父の計画だったようですね。ティアンネ妃が子供に恵まれなかった場合、俺が皇太子のそばにいれば伯爵家には得になる、と。状況によっては、俺を戻すことも考えていたようですね」

（……それなら、損得勘定だけでリヒャルト様のそばにいるのかしら……？）

けれど、セスはそれ以上ヴィオラに心の内を読ませることはしなかった。

太陽宮に到着し、誰にも止められることなく入り口から中に入る。セスは幾度もここに来ているらしく、迷いのない足取りで進んだ。

「ここがリヒャルト様の執務室ですよ」

扉をノックし、扉越しにセスが名乗る。入室を許可する声が聞こえると、彼はヴィオラを連れて中に足を踏み入れた。

「ヴィオラか。どうした？」

「あ、あのですね……」

忙しい中、仕事を中断させてまで、外出の許可を得るのが申しわけないような気がして、ここまで来たのにもじもじしてしまう。

「ヴィオラ様は市場に行きたいそうです。外出の許可をいただきたいのですが」

「ちょっ、セス！　まだ、私、ちゃんと言ってないのに！」

言葉をひねり出そうとしていたら、セスに先を越されてしまった。

「市場に行ってどうしたいんだ？」

「ミナホ国の食材がほしいんです。ええと、その……こ、皇妃様のおっしゃってたお菓子、たぶん作れると思うので！　作らせてください！」

たった一度のお茶会だったけれど、皇妃が優しい人であることがヴィオラにもよくわかった。

〝咲綾〟の母親は、店を切り盛りしているだけあってもっとちゃきちゃきした女性で、皇妃のようなはかない雰囲気ではなかったけれど、母の面影というか母性というか、そんなものを皇妃に感じてしまったのは否定できない。

だから、少しでも元気になってほしかった。

「君は、母上が言っていた菓子がなんだったかわかるのか？」

「たぶん。豆のクリームというのは、小豆という豆で作った餡のことだと思うんですけど、それを使ったお菓子なら作れます」

たぶん、アデリナ皇妃が食べた思い出の味というのは、どら焼きで間違いないと思う。もうひとつがあんころ餅なのか餡団子なのか、また別のものなのかは、もう少し詳しく聞いてみなければならない。

「材料さえあれば作れるのか？」

「まったく同じものは無理だと思いますが、似たようなものは。パンケーキの生地をちょっと工夫する必要はありますけど……」

そうか、とリヒャルトが腕を組んで考え込む。たぶん、ヴィオラを外に出すことで、どんな影響があるのか考えているんだと思う。

「ミナホ国の大使を呼んで献上させてもいいのですが、まだ正式に国交を結ぶと決まっていないこの段階で、こちらから接触するのはよくないと思うんです。ヴィオラ様は、まだ都の中は見てないじゃないですか。ついでに、街の観光もできればいいと思いませんか」

初めて都に来た時にヴィオラは意識を失っていて、そのまま皇宮内の部屋まで運び込まれてしまった。

そんな事情で、皇宮の中は知っていても、都までは見る機会がなかったのである。

「――そうだな。それなら、次に俺が視察に行く時、一緒に行けるように手配しよう」

「……え？」

てっきり誰か警護の人をつけてくれて、ニイファと出かけるものだと思い込んでいた。リヒャルトの視察にヴィオラが同行するなんていいのだろうか。

「いいんですか？　私が、リヒャルト様の視察について行っても」

「一緒に来てくれると俺が助かる。幼い頃の思い出話をしたら、母上が少し元気になったからな。また笑ってほしいと思ったんだ」

リヒャルトが、ホッとしたように目元を緩ませた。

（ほら、やっぱり）

リヒャルトも皇妃も、互いの距離を測りかねているだけで、ふたりの間に決定的な亀裂が入っているわけじゃない。それがわかってヴィオラは安堵した。

こういう時、もう少し距離の近い大人ならたぶんお酒の席を用意するんだろう。おいしいものを食べて飲んでおしゃべりをすれば、心の距離はグッと近くなる。

アデリナ皇妃とリヒャルトが難しい立場に置かれているのは、ヴィオラもなんとなく把握していた。後ろ盾のない皇妃が、どれだけ心細い立場に置かれていることか。今は太陽宮の仮眠室で寝ているというリヒャルトが、週に一度でも二度でも、母のそばに戻ることがあれば何か変わるかもしれない。

「それならその時までに、なにを探せばいいのか、考えておきますね！」

心細い立場に置かれているのは、きっと今後も変わらない。

それでも。

皇妃の表情が、少しでも明るくなればいいなと思わずにはいられなかった。

＊　＊　＊

リヒャルトの視察に同行させてもらう日がきた。

いつもの通り、ニイファは、張り切ってヴィオラの支度をしてくれる。

ヴィオラが着せられたのは、レースの襟がついた白いブラウスだった。その上に茶色のワンピースを重ねる。ブラウスの袖は、二の腕のところがふんわりとしていて、二の腕から手首までは腕にぴったりと沿っている。袖口のところにもレースが飾られているのが可愛らしい。

鏡の中を見ながら、ヴィオラは首をかしげた。いつもなら、ヴィオラの動きに合わせて髪が揺れるけれど、今日はそうならなかった。

食材を扱っている店にも入ることから、今日は髪を頭の後ろでまとめて、お団子に結ってある。上から白いネットをかぶせ、赤いリボンで留めた。

「ねえ、ニイファ。私、可愛い？」

「とっても、可愛らしいですよ。ヴィオラ様。完璧です！　ブーツも大丈夫ですね」

新品の茶色の革のブーツは、数日前から履いて慣らしてある。今日は、たくさん歩いたところで、靴擦れができる可能性は低いだろう。

以前、晩餐会の帰りに靴擦れを起こしたことから、ニイファは靴に関しては今まで以上に気をつけてくれるようになった。

コートやマントが必要な時期ほどではないけれど、だいぶ涼しくなってきたので、上から薄手の上着を羽織る。

「ヴィオラ、支度はできたか？」

「はい、リヒャルト様！」

今日のリヒャルトは、いつもよりも装飾が少なめの服装だった。黒い上着と黒いズボンはどちらも無地のもの。上着の袖口についているのは黒曜石を使ったボタンだけれど、高価すぎて目立つような品ではない。中に着ている白いシャツも飾り気のないもので、道端ですれ違っても、ちょっと育ちのいい若者に見えそうだ。

「今日も可愛く仕上げてもらったな」

「そうでしょう？　ニイファはとってもセンスがいいんですよ！」

もし、自分がこの国から帰されるようなことになっても、ニイファだけは残れるように手配してもらおう。もう、ニイファの家族は誰ひとりとして残っていないし、ザーラがニイファに危害を加える可能性がないとは言えないから、きっとこちらに残った方がいい。

「ヴィオラ様、今日の護衛は俺達に任せてください」

「あれ？　今日は、騎士団の服じゃないんですね」

リヒャルトの侍従でもあるセスは、普段から騎士団の制服は身に着けていないが、今日の彼は、下級貴族の息子がふらりと街に出たと言って通りそうなくらいくだけた服装だ。護衛についてくれる他の騎士達も、制服ではなく、セスと似たような服装だった。

「あまり街なかで騒ぎを起こしたくないんだ。だから、セス達も目立たないように警護してくれる」

「セス様、私はお供できませんが、ヴィオラ様をよろしくお願いします」

警護の対象が多くなってしまうのも好ましくないので、ニイファは留守番だ。丁寧に頭を下げて、セスにヴィオラのことを頼んでいる。

クィアトール宮の前に用意された馬車も、皇帝一族が使う華やかなものではなく、上品で裕福なことを誇示しない、そんな造りのものだった。今日の視察はお忍びのようだ。

市場の外れで馬車を降りたとたん、にぎやかな声が響いてくる。ここは、馬車を停めて御者が待っている場所のようだ。

「本当に、すごくたくさん人がいるんですね！」

ヴィオラは目を丸くして周囲を見回していた。

前世では、もっとすごい人混みをラッシュの時間などに経験しているけれど、それでもこの世界に生まれてからこれだけの人を見るのは初めてだ。

「離れるな。俺と手を繋いでいろ」

「はい」

一般市民と同じような服を着ていても、背の高いリヒャルトは市場の中で目立っていた。リヒャルトはヴィオラと手を繋ぎ、歩いていく。

護衛の騎士達は上手に人混みに紛れていて、どこにいるのかもわからないくらいだ。

（他の人達には、どう見えているのかな）

すれ違う女性達がリヒャルトに目を留め、それからその視線がヴィオラへと移る。

微笑ましそうに口元を緩める彼女達からしたら、仲のいい兄妹に見えているのだろう。

「すごいですねえ、こんなにたくさんの食材が一度に並んでいるの初めて見ました」

ヴィオラの国は小さいので、市場の規模も小さい。今までヴィオラが見たことがなかったような、珍しい食材がいろいろ並んでいる。

「向こうに、ミナホ国の商人を相手にする店が出たらしい。まずはそこだな」

リヒャルトがヴィオラを連れて行ったのは、市場の端にある店だった。露店に並んでいる小さな店の中でもひと際こぢんまりとしている。ミナホ国の食材を扱う店は、ここ一軒しかないのだそうだ。

「この中に、母上の菓子を作る食材はあるか？」

「んー……」

前世では何度も見た食材が並んでいる。樽の中に入っていたり、壺に入れられていたり、藁で包まれていたりと、包装は前世のそれとまったく違うけれど。

「ああ、これは……」

見つけた。小豆だ。これがあれば、どら焼きを作ることができるし、他のお菓子も作ることができる。

「お米はありますか？」

「こちらがもち米、こちらが普通の米だよ」

（どうやって炊くかは考えないといけないな……）

たぶん、しっかりと蓋を閉められる鍋があれば、米を炊けるだろう。米も少し買って帰ることにした。

それだけではなく、米粉や白玉粉といった和菓子を作るのに欠かせない粉類もあって、目移りしてしまう。

味噌の他、醤油もみりんもあった。鰹節や昆布もあったので、出汁をとることもできる。

もし、ヴィオラが和食を作ろうと思ったら、ここに来ればたいていの食材は手に入れることができそうだ。

「どうした？　楽しそうだな」

「すっごく楽しいです！　だって、こんなにたくさんの食材を見るの初めてだから」

店には出ていないけれど、ミナホ国に行けば、納豆とか梅干しもあるのだろう。もう少し食材を揃えれば、基本の和食が作れそうでちょっとワクワクする。

「リヒャルト様。明日、皇妃様のお菓子を作ったらお届けしますね」

どら焼きの生地部分は、ニイファの助けを借りながら、何度か焼いてレシピを決めてあるのですぐにできる。クィアトール宮の厨房にいる料理人にお願いして、調理で忙しい時間以外は、厨房を貸してもらえることになっているので問題ない。

「……すまないな、世話になってばかりだ」

「いいんです！　リヒャルト様にはお世話になってますからね！」

人混みの中を並んで歩きながら、えへんと胸を張る。買ったものはすべて、馬車で待っている御者のもとに届けてもらうように手配した。

それから、今日の本題である視察だ。街を見て回り、市場で直接人々の話を聞く。

（……楽しい！）

視察を終えたあと、改めて街を散策することにした。

「……改めて見ても、本当にすごい！　あ、あのお店に入ってもいいですか？」

ヴィオラが指さしたのは、安価な雑貨を売っている店だった。

ハンカチやリボン、レースといった小物や、ガラス細工のブローチやイヤリングなど、庶民でも手の届きやすい価格のアクセサリーが店先に並んでいる。

それから、薬を入れておくためのピルケース、化粧直しのために使う手鏡、小さなポーチなど見て回るだけで楽しい。

「わあ、可愛い。んんっ、どうしようかな……」

ヴィオラは、ガラス細工のアクセサリーを夢中になって見ていた。キラキラしていてとても素敵だ。熟練の職人達が作り上げたそれは、どれを買おうかとヴィオラを悩ませる。

王女であるヴィオラは、本物の宝石も持っている。母の家から受け継いだ品は、さすがのザーラも取り上げることはしなかった。

いずれ必要になることがあるだろうからと、この国にも持ってきてはいるけれど、宝石箱ごと金庫にしまったきり、一度も出してはいない。

前世が庶民で、高価な宝石に慣れないヴィオラには、安価なガラス細工の方が安心だった。

「なにを買おうかな……迷う……！　あ、ニイファにお土産買わなくちゃ」

店先に並んでいるブローチを眺めて、どれにしようか選ぶ。丸くて小さなブローチにはキラキラとした紫色の飾りがついている。たぶん、アメジストを模したものだ。

それから、サファイアをイメージして作られたらしい青いガラスのついたブローチ、エメラルドの緑、ルビーの赤……どのブローチも素敵だ。

ガラスのビーズを繋いで作ったブレスレットや、ネックレス。どれもきらめいていて、店の中が眩しいくらいだ。

「今日は、これを買います！　あとこっちも。別々に包んでもらっていいですか」

瞳の色と同じ緑のガラスを使ったものは自分に、赤いガラスを使ったものはニイファへのお土産だ。

それからニイファへのお土産をもうひとつ。チュロスに似た揚げ菓子も買って城へと戻った。

＊＊＊

翌日、朝食を終えてから、ヴィオラは厨房の一角を借りた。厨房には、いい香りが立ち込めている。

「なんですか、その茶色の豆は……」

「うん、小豆っていうの。これで皇妃様の好きなお菓子を作ろうと思って……私の思っているお菓子で合っていればいいんだけど」

小豆を炊いている香りは、ニイファには馴染みがないみたいだ。鼻をひくひくさせているけれど、鍋の中を覗き込んでいる彼女はしかめっ面だ。

（クリームって言ってたからこし餡だと思うんだけど……）

柔らかくなった小豆を、目の細かいざるに移して裏ごしをする。何度か裏ごしをした後、水にさらして上澄み液を捨てる工程を水が透明になるまで繰り返し、最後に固く絞ってから鍋に入れた。

「そんなにお砂糖を入れるんですか？」

あまりにも大量の砂糖を加えたので、ニイファがいぶかし気な顔になる。こちらの食文化では、豆は食事に使うもので、菓子にすることはない。豆を甘く煮ることに抵抗があるのだろう。

「うん。うーんと甘くしないとだめなの」

砂糖をたっぷりと入れて、今度は弱火でじっくりと熱を加えていけば完成だ。

ここまでの段階で、昼食の時間になろうとしていた。いったん作業を中止し、できあがったこし餡を冷ましている間に昼食を済ませたあと、今度は生地作りにかかる。粉を振るって材料を混ぜ合わせ、生地を作り、油を引いたフライパンで丸く焼く。

（ちょっと、薄かった……かな？　あ、今度は大きすぎた）

大きさが不揃いになってしまったそれを、皿の上に並べて適温になるまで冷ます。冷ましている間に使った調理器具をきちんと洗い、生地が冷めたところで二枚取り上げ、餡を挟んだ。

見よう見まねでニイファも手伝ってくれて、最終的には十個のどら焼きができあがった。

「なんですか？　これは」

「ええとね。どら焼き。ミナホ国のお菓子なんだけど……ちょっと食べてみる？」

「え、ええ……」

ニイファが不安そうな顔をしているので、半分にカットして差し出した。

「……本当にこれがお菓子なんですか？」

「そうよ。私も大好き。うん、おいしい！」

手元に残った半分を口に運ぶと、ヴィオラが食べているのを見たニイファは、恐る恐る渡されたものを口に運んだ。

「……おいしい、です。でも、とても甘いのでたくさんはいただけそうもありません」

砂糖をたっぷり使った餡は、ニイファには甘すぎたみたいだ。

咲綾だった頃も、外国人の友達の中には小豆を使ったお菓子が苦手な人も多かった。

生まれ育った中で培われた味覚の違いというのはどうしようもない。

皇妃とのお茶会にふさわしいドレスに着替え――けっこう面倒だけれど礼儀はきちんと守らなければ――できあがったばかりのどら焼きを可愛い籠に詰めてもらって出発した。

通されたのは、気の置けない相手をもてなすための部屋だろうか。先日通された部屋とはまるで雰囲気が違う。

（まさか、こんな部屋に通されるなんて……）

そこは、皇妃の趣味を色濃く反映したと思われる部屋だった。家具は、明るい白木を使った気取らないもの。フリルのついたレースのカーテンが窓にかけられている。

部屋を彩るのは、皇族の住まいらしい重厚な色合いではなく、淡いパステルカラーだ。小花模様の布が張られたソファーに並んでいるのは、ピンクのクッション。

テーブルクロスは白い布の上に水色の布を重ねたもの。ティーテーブルの上に用意されているお茶のセットも、銀器ではなく花模様の描かれた磁器だ。

そのテーブルに向かい合って座ったアデリナ皇妃は、ヴィオラに微笑みかけた。

「よかったわ、元気そうで。今日はなんの御用かしら？」

「昨日、リヒャルト様に市場に連れて行ってもらったんです。このお城から出ることができないと思っていたから嬉しくて……それで、ミナホ国の食材を扱っているお店を見つけたので、これを焼いてみたんです。もし、よかったら……味を見てはいただけませんか」

「……まあ」

皇妃はヴィオラが出した籠の中身を見て、目を見張った。

（どら焼きじゃなかったらどうしよう……）

ヴィオラは視線にドキドキしながら、籠を彼女の方へと押しやる。豆のクリームを挟んだパンケーキ。たぶん、皇妃が以前食べたのはこれだと思うのだけど……。

「昔、お友達からいただいたお菓子と似ているわ！」

嬉しそうに両手を打ち合わせたかと思ったら、どら焼きに手を伸ばす。

「――皇妃陛下。失礼します」

けれど、そばにいた侍女がさっとその籠を取り上げてしまった。

（あ、そうか……毒見しないとよね）

「俺が頼んだんだ。毒見は不要だろう」

「いえ、殿下。これも決まりですから」

「……ひとつ、ください」

ヴィオラは籠を持った侍女の方に手を伸ばす。彼女が無造作に取り上げたどら焼きを受け取ると、包んでいた紙をはがした。

「失礼しますね」

大きくひと口。遠慮なくかじる。

先ほどニイファと半分分けて食べたけど、こちらも上出来だ。すごく、おいしい。

「毒なんて入ってないですよ？」

「ヴィオラ、君を疑ってるわけでは」

にっこりとすると、リヒャルトが額に手を当てた。

「わかってますよ、そんなことくらい。私が作るんじゃなくて、こちらの厨房の人に作り方を教えた方がよかったですね……」

「いえ、ごめんなさいね。先日のポタージュの件もあるから、みんないつも以上に慎重なのよ。私にもひとついただけるかしら」

皇妃が手を伸ばしたけれど、侍女は動かない。リヒャルトが立ち上がり、彼女の手から籠を取り上げた。

「俺が頼んだんだ。ヴィオラ姫は信用していい。あ、母上。母上はまだだめです」

ウキウキと籠に手を伸ばしかけた皇妃をリヒャルトはぴしゃりと遮った。それから自分が取り上げたどら焼きをかじって、眉間にしわを寄せる。

「これは……甘い……な……」

「甘すぎました？　ニイファもちょっと苦手だって」

「砂糖を惜しげもなく使ってるんだろう。おいしいとは思うが、一個で十分だな」

リヒャルトが最後のひと口を飲み込むのを待って、ようやく皇妃の番になった。

「――ああ、懐かしいわ！　こんな味だった。砂浜で待ち合わせるのだけれど、彼女はいつも紙にくるんだものを懐に入れていて、半分分けてくれたの。そうそう、この豆のクリームの甘さが大好きで」

どうやら、ヴィオラの見立ては間違っていなかったらしい。ホッとして、ヴィオラはお茶のカップを取り上げた。

「やっぱりこのお菓子だったんですね。私は、どら焼きって呼んでます。昔の楽器に〝銅鑼《どら》〟というものがあって、それに形が似ているからつけられたそうですよ」

今、ヴィオラが語ったのは、いくつかあるどら焼きの語源のひとつだ。

「そうね、違う名前だった気もするけど……でも、どら焼きも可愛くていいわ。たしかに、似ていると言えば、似ているかも」

どうやら、こちらの世界にも銅鑼は存在していたらしい。皇妃がそれで納得してくれたので安心した。

「しかし、豆をこう甘くするとは……ミナホ国の食文化は、この国とはだいぶ違っているようだな」

「こちらの主食はパンですけれど、向こうではお米が主食なんですよね。そうそう、他の材料も買ってきたので、また違うお菓子も作れると思います。挟んであるクリームのことを餡って言うんですけど、餡をつけたお団子は食べたことありますか？」

「お団子？　ええ、串に刺したものでしょう。あと、甘くてしょっぱいタレがついているのをいただいたことがあるわ」

たぶんそれはみたらし団子のことだろう。幼い頃の友人のおかげで、皇妃はかなり和菓子に馴染んでいるみたいだ。

「機会があれば、それも作ってみます」

「まあ、では、また近いうちに遊びに来てくれる？」

片方の手を頬に当て、ヴィオラを見つめる皇妃は、先日会った時よりも生き生きとして見えた。

「皇妃様のご都合がよろしければ」

目を伏せて、そう返す。

「私が菓子職人に焼かせたクッキーも食べて？　おいしく焼けていると思うわ」

「いただきます」

チョコチップの入ったクッキーがテーブルに出されている。それからレーズンのクッキーと、アーモンドを飾りに載せたクッキーも。

ひと口サイズのケーキには生クリームが絞られ、葡萄が飾られている。

「あとは、栗を使ったお菓子もあるんですよね……」

「あら、そうなの？ 栗は焼き栗にするくらいだわ。あとは茹でるか……リヒャルトは知ってる？」

「俺は、菓子には詳しくないので」

リヒャルトの返事に、二個目のどら焼きを手に取った皇妃が首をかしげる。

「あらそうだったかしら……？ ごめんなさいね、知らなくて」

「いえ、それは仕方のないことですよ」

（あ、やっぱりそうだ）

会話を聞いていてヴィオラは思った。このふたり、家族としての会話がほとんどないようだ。

（皇妃様やリヒャルト様は、お茶とかご飯の時間を合わせるのは難しいのかもしれないけど……家族なのに何が好きかもわからないなんてちょっと悲しいよね）

咲綾の実家では、両親は店を切り盛りしていたから、食事はたいてい祖母とふたりだった。

祖母は和食の配膳の仕方やマナーもきちんと教えてくれたし、「いただきます」「ごちそうさまでした」の挨拶には厳しかった。

食事時にはテレビを消し、その日あったことを、ああでもないこうでもないと互いにしゃべりながらゆっくりと食べる。

それから後片づけも一緒にして、咲綾はリビングのテーブルで宿題をしたり、次の日の予習をしたり。

その横で祖母はテレビを見ながら、咲綾にフルーツを切ってくれたり、お茶をいれてくれたりと、ふたりでのんびりと過ごしていた。

両親が店を閉めてから、両親の食事を出し、改めて一緒にテーブルにつく。

咲綾と祖母は食事はしなかったけれど、両親から一日の間にあったことを聞くのは楽しかった。

それから、新作メニューをどうしようとか、新しいスイーツを期間限定で入れてみようかとか。そんな会話を両親とするのは、店の経営に関わっているみたいで、それから、少し大人と認められた気もして誇らしかった。

そんなことを考え込んでいたものだから、いつの間にかヴィオラの手が止まっていたらしい。

「ヴィオラ、どうした？」

「あ、ごめんなさい。次、どんなお菓子を作ろうかって考えちゃって」

リヒャルトが気遣ってくれるのを、笑ってごまかすことしかできなかった。

「あなたの作ってくれるお菓子は、楽しみだわ」

このふたり、自分達の間にあるささやかな溝に気づいているんだろうか。

今ヴィオラにできるのは、おいしいお菓子でふたりの会話のきっかけを作ることくらいしかなさそうだ。


お茶の時間を終えて、リヒャルトがクィアトール宮まで送ってくれる。馬に乗せてくれるというので、遠慮なく甘えることにした。

「馬って大きいですよねえ……私も、乗れるようになるかな？」

普段より高い目線から、周囲を見下ろすのは気持ちがいい。この世界に自動車は存在しないから、乗馬が最も速い移動手段だろう。

「乗りたいのか？」

「乗ってみたいです！　あ、狩りとかは行かなくていいんですけど……」

弓矢を使って行う狩りは、貴族のたしなみとされている。

自分の国にいた頃も、ヴィオラは狩りに参加したことはなかった。

狩りに参加したら、獲物を捕らなければならない。甘い考えと言われるかもしれないけれど、自分の手で獲物を捕るのは抵抗があった。

「そうか。乗馬だけなら、俺が教えてやれるぞ」

「い、いいですよっ！　お願いしたら、誰か先生をつけてもらえると思うんです」

「遠慮するな。俺が教えてやるから」

「遠慮じゃないですぅ……だいたい、リヒャルト様お忙しいですよね？　だって、皇太子ですもん」

首を横に振ると、ヴィオラの後ろに座ったリヒャルトは、くくっと笑った。

「そんなに忙しいわけじゃないぞ。俺を追い落とそうとする者達がかなりいるしな」

「大丈夫なんですか？　そんなことで」

ヴィオラのお腹に回された手に力がぐっとこもって、彼の方へと引き寄せられる。

（完全に子供だと思ってるからの行動よね）

精神年齢は十八だが、身体はまだ十二歳だ。十歳以上離れているリヒャルトからすれば完全に子供で間違いないのだけれど、子供扱いされるのはなんだかちょっともやもやする。

「そんな顔をするな。もともと、皇太子という地位に固執しているわけでもないんだ。

他の者に譲った方が国が安定するというのなら、弟達の誰かに譲っても全然問題ないんだぞ」

リヒャルトがそう言うのは、ヴィオラを気遣ってのことなのだろうか。それとも……？

皇帝と皇妃との会話はほとんどなく、皇妃はそれを気に病んでいるのだという噂は、ヴィオラのところまで届いている。

今は皇太子であるリヒャルトの立場も、さほど安泰というわけでもないのだから、皇太子という彼の身分からしたら、いくぶん時間が余っているのも本当のことなのかもしれなかった。

「ヴィオラが一緒にいてくれると、母上も嬉しそうだ。今後も母上の招待を受けてくれるか？」

「もちろんです！」

たぶん、リヒャルトの誘いを受けた裏には、ヴィオラ自身が寂しかったのだという事情もあるのだと思う。

母を亡くして以来、イローウェン王国の王宮は、ヴィオラにとって居候させてもらっている場所になってしまった。

自分の住まいなのに、呼吸ひとつままならないような気がして——異母兄と異母妹が、華やかな場に出る機会を与えられているのに対し、ヴィオラだけは陰に引っ込んでいることを要求され続けていた。

もちろん、ニイファはずっとそばにいてくれたけれど、それだけでは埋められないものもあるのだ。

「そうだ、リヒャルト様。ピクニックしましょう、ピクニック。天気のいい日を選んで、お弁当を持って、芝生の上に敷物をしいて」

肩越しに彼の顔を見上げて、ヴィオラはねだるようにそう言った。

「みんなで食べるご飯はおいしいですよ。リヒャルト様もそう思うでしょ？」

「あ、ああ……そうかもしれないな」

「皇妃様も、たぶん同じだと思うんですよ。私も、ニイファと一緒に食べるご飯が好きなんです。こっちに来てからは別々なんですけど」

クィアトール宮では、令嬢達はマナーの勉強を兼ねて使用人達の給仕のもとで食事をする。使用人達は、そのあと専用の食堂で食事をとるのだ。

イローウェン王国にいた頃は、ニイファとふたりで食事をするのが楽しみだったけれど、ここに来てからはなかなかそんな機会もない。

部屋でふたりきりでお茶を飲む時だけは以前のように同じテーブルについているけれど、以前より回数が減ってしまったのは残念だった。

「ニイファは侍女だろうに」

侍女と食事を共にするというのは、この国ではあり得ないことだ。もちろん、ヴィオラの祖国でもそんなことをする人はいなかった。

「ニイファは侍女だけど、もっと大事な人なんです。私には……ニイファしかいないから。同じように、皇妃様にはリヒャルト様しかいないと思うの」

その言葉に、肩越しに見上げたリヒャルトがはっとしたような表情になった。

「おいしいご飯は、心を豊かにするんですよ。ピクニックのお弁当は私が用意しますね！」

ヴィオラの宣言に、リヒャルトは黙ってうなずいてくれた。

それからは、皇妃とヴィオラとリヒャルトの三人で昼食をとることが増えた。セスもニイファも最初は遠慮していたけれど、途中からふたりも加わって、今では五人でのんびり過ごしている。

昼食は、満月宮の中庭に敷物をしいてのピクニックが多かった。風が冷たい日は、日光がぽかぽかと差し込んでいるサンルームでヴィオラの持参したバスケットの中身を広げることもある。

今日、ヴィオラが用意したのはおにぎりだ。バスケットから取り出した木の箱には、綺麗な紙が敷かれ、そこに三角形に握ったおにぎりが並べられている。

「なんだ、これは？」

「こういう黒い食べ物を見るのは初めてですね……」

箱の中身に目をやった皇妃はぱっと明るい表情になったけれど、リヒャルトとセスは怪訝な表情だ。セスなど言葉にはしていないけれど、顔には〝本当に食べられるのか〟としっかり書いてある。

「皇妃様が、出入りの商人から海苔を入手してくださったので、おにぎりを作りました。黒いのが〝海苔〟という海藻です」

鍋で米を炊くことに成功したので、今日のランチはおにぎり弁当だ。

「具は肉味噌です。豚のひき肉を、お味噌で味付けしてあります」

クルミで食感を足し、ニンニクと、数種類のハーブで肉の臭み取りと香り付けをしてある。少し甘みは強めだが、ご飯ととてもよく合う味に仕上がった。

「ん？　味噌は騎士団の厨房にしかなかったと思うんだが。買ったのか？」

「ちょっと分けてくださいってお願いしたら分けてくれました！」

市場に買いに行くと、一度に大量に買わなければならない。味噌を分けてもらう対価は、今日のおにぎりに入っている肉味噌のレシピだ。

梅干しが見つかれば梅干し入りのおにぎりも作ってみたかったけれど、帝国内では今のところ流通していないらしく見つからなかった。

「あら、懐かしいこと。リヒャルト、あなたもひとついただきなさい」

以前よりも皇妃の表情が柔らかくなっている。やっぱり皇妃はおにぎりの存在も知っていたようだ。

「こちらの箱は、鶏の唐揚げと卵焼きです。お野菜も食べてくださいね」

なんと、この世界にはマヨネーズもあった。お弁当の色どりに入れたのは、ニンジンやズッキーニ、その他、数種類の薬物野菜を蒸したものだ。

蒸し野菜は、マヨネーズと味噌で作ったソースをかけて食べる。

皇妃以外の人はおにぎりが苦手かもしれないと思って、今日はもう一種類用意してきた。

「こっちはハンバーガーっていいます。リヒャルト様とセスは、こっちの方が好きかも？」

ヴィオラの手は小さいので、その手で作るハンバーグも小さめになってしまう。厨房のパン職人に頼んでハンバーグの大きさに合わせて焼いてもらった丸パン。そのパンにトマトソースをかけたハンバーグとチーズ、レタスに似た野菜を挟んだ。

「おにぎりもいただきますよ。ヴィオラ様の料理は珍しい味付けですからね」

「セス、真っ先に手を出すな。俺を待てとは言わないから、せめて母上を待て」

今はヴィオラが食事を作る時は、バスケットにつめる前に、毒見係が毒見してくれるので、皇妃の目の前での毒見の必要はないということになっている。だから、皇妃より先にセスが手を出すのはマナー違反だ。

「し、失礼しました！」

慌てたセスは、おにぎりに伸ばしかけた手を元の位置に戻す。最初におにぎりを手にした皇妃は、満足そうだった。

「私が食べたのは中になにも入ってなかったと思うけど、こうやって具が入っているのもおいしいわね」

皇妃の友達は、塩むすびを食べていたようだと、ヴィオラは頭の隅に記録する。今度市場に行った時は、塩むすびに使えるおいしい塩を探すことにしよう。

「中に入っているのは肉味噌でしたよね？　騎士団でこれが出るなら、俺、騎士団で食事する回数増やした方がいいかもしれないです」

「セスが気に入ってくれてよかった。いっぱい食べてね！」

最初におにぎりに手を伸ばしたヴィオラは、大きくひと口かじった。海苔の香りと、ちょうどいい塩加減。そして、おにぎりの中に入れた肉味噌は、ぴりっと辛味が広がったかと思うと、続く甘さがその辛味を和らげてくれる。

「ヴィオラ様の手料理でしたら、いくらでも入りそうです」

「おにぎりは私も握るのを手伝ったんですよ」

ニイファもおにぎりに手を伸ばす。ニイファが自分の手で握ったものだ。

そんな中、リヒャルトだけが先にハンバーガーを手にしていた。

「ヴィオラ、ハンバーガーの作り方を満月宮の料理人に教えてもらえないか。このソースのレシピも」

「いいですよ。中のハンバーグは、そのまま食べてもおいしいです。こっちに似たお料理がありましたよね」

以前、リヒャルトがヴィオラの味覚をチェックした時、ハンバーグに似た料理も出された。

あれもおいしかったから、満月宮の料理人なら、もっとおいしいハンバーグが作れそうだ。

「トマトのソースがいい味だ。薄く切ったチーズと肉がよく合っている」

「トマトソースは研究中です。トマトの時季はもう終わったから、続きは来年ですね」

もうちょっと工夫すれば、ケチャップも作れそうだ。厨房の料理人に協力をお願いしていて、来年のトマトの時季にはいろいろ試してみようと思っている。

そんなヴィオラの説明を聞いた皇妃が目を細める。

「最近、あなたがよく来てくれるから、楽しみが増えたわ」

そう言う皇妃の表情は、以前と比較するとだいぶ明るくなってきたみたいだ。顔色も明らかによくなっている。

（リヒャルト様が、こっちに来ることが増えたからかな？）

今まではめんどうだからと、太陽宮の中にある執務室の隣の仮眠室で寝泊まりしていたリヒャルトも、今ではほぼ毎日きちんとこちらに戻ってきているそうだ。

「卵が……甘い……！　びっくりした……！」

思案の末、卵は甘い卵焼きにした。セスは甘いと予想していなかったみたいで、目が丸くなっている。

「甘い卵焼きって、ミナホ国ではご馳走なんですって。あちらでは砂糖がとても貴重だという話だわ」

その様子を見ながら、皇妃がくすくすと笑う。

「あ、そうなんですね！」

小学校の時、運動会のお弁当はいつも甘い卵焼きだった。そのことを思い出しながら、作ったからつい甘い卵焼きにしてしまったけれど、今度は違う味付けにしてみよう。

「ヴィオラ、次は甘くないのも作ってやってくれ。俺はともかくセスが気の毒だ」

「リヒャルト様、俺だってびっくりしただけですよ！　甘い卵焼きもおいしいです！」

その様子をにこにこと見守る皇妃は、ほとんど口を開かないと思っていたら、三つ目のおにぎりに手を伸ばしていた。

(ほら、一緒に食べるご飯はおいしいって……)

皇妃の顔を見ていると思い出す。

もう会うことのできない、前世での家族の顔を。

気がつけば、おにぎりはすべてみんなの胃の中におさまっていた。甘い卵焼きも慣れればおいしいと言ってもらえ、鶏の唐揚げも好評だった。

最後に残ったハンバーガーをリヒャルトが手に取った時だった。

「ここで何をしている？」

声の方を振り返ったヴィオラは、座ったまま飛び上がりそうになってしまった。

政務をしていた太陽宮から、満月宮に戻ってきたところなのだろう。石畳の道のところから、皇帝が中庭を見ていたのだ。

皇帝と対面したのは、あの晩餐会が最後だったヴィオラは、首をすくめる。あまり、近くに寄りたい相手ではない。

「今日は天気がいいので、ここで昼食をとっておりました、陛下」

にっこりと笑った皇妃が立ち上がり、皇帝に向かって頭を下げる。リヒャルトとセスも素早くそうしていたので、慌ててヴィオラも彼らに倣った。

「そうか、いや、しばらくこちらの様子を見ていなかったからな。元気にしているか」

「おかげさまで、健やかに過ごしております」

と、また皇妃はにっこり。

そうか——と皇帝は言うなり、くるりと向きを変えて行ってしまった。

（陛下は、なにがしたかったんだろう）

そう思ったけれど、ヴィオラにはその謎を解くことはできないのだった。

第五章　この気持ちは育ててはいけない

オストヴァルト帝国に来てからのヴィオラの生活は平穏そのものだった。皇妃との交流は、すでにひと月ほど続いている。

きちんと教師がつけられ、同じ年頃の少女達と一緒に授業を受ける毎日は、学校という形ではないけれど、学校教育を受けているのとさほど変わらない。

授業を終えると、迎えに来てくれたニイファと一緒に部屋へと戻るのがいつものことだ。

「今日の授業はいかがでした？」

「やっぱり、帝国は教育水準が高いかも。ついていくのが大変よ」

その日も、迎えに来てくれたニイファと一緒にクィアトール宮の廊下を歩いていたヴィオラを呼び止めたのは、ティアンネ妃だった。

「――そなたがヴィオラか？」

「は、はい……ティアンネ二妃殿下」

招かれた教師から授業を受けているのは、クィアトール宮の一室だ。この宮は、妃達が暮らしている建物からは少し離れたところにある。だから、ティアンネ妃がここにいることに驚いた。彼女のそばには、リンデルトが付き添っている。

（なんで、ティアンネ妃がここにいるんだろう……）

慌ててスカートをつまみ、ヴィオラはフォーマルな礼をする。

「……ここは、公式の場ではない。ティアンネ妃と呼ぶことを許そう」

「こ、光栄です。ティアンネ妃殿下」

頭を下げながらも、ちらりと思う。

（序列を外して呼びなさいって言ったということは、やっぱり二番目なのが嫌なのかな……？）

ティアンネ妃は、皇帝の妃達の中で二番目の地位を与えられている。最上位はもちろんアデリナ皇妃だ。

母と呼びたくなるような優しい面立ちの皇妃とは違い、ティアンネ妃はきつい顔立ちをしている。顔立ちは整っているのに、美しいというより怖いという感情が先に立つ。

「あなた、皇妃に、いえ、皇妃陛下になにを吹き込んだの？」

「なにを、とは？」

「陛下は、最近満月宮をしきりに気にかけていらっしゃる。それは、あなたが満月宮に出入りするようになってからだわ」

「……それは」

ティアンネ妃がなにを考えているのか、ヴィオラにはわからなかった。

皇帝が満月宮以外のところで寝泊まりするのは噂になっていたけれど、それはリヒャルトも同じだ。

「皇妃陛下の――」

そこで言葉を切り、ティアンネ妃の方を見上げた。

「皇妃陛下のお菓子、とてもおいしいんです！」

（そうよ、ここは子供らしく！）

ここは、子供っぽく見せておいた方がいい。

ニイファに以前言われたことを思い出して、実践してみる。

「皇妃陛下の作るクッキーがとてもおいしくて、いつもご馳走になっているんです。陛下も、クッキーがお好きなのでは？」

「そんなことで、私がごまかされるとでも？」

「だって、それ以外知らないですもん」

いつもよりもあえて子供っぽい口調にしてみた。これで、ごまかされてくれればいいけれど。

「……ごまかされないと言っているでしょうに」

きっと眉を吊り上げたティアンネ妃が、一歩前に出る。

その迫力にたじろいで、思わず一歩後退してしまった。

「――ティアンネ様。大人げありませんよ。子供だと申し上げたではありませんか。本当に、何も知らないのでしょう」

ティアンネ妃をいさめてくれたのは、リンデルトだった。彼が間に入ってくれたことにホッとする。

（なんでここにいるのかなって思ったけど、リンデルトはティアンネ妃の護衛でもあるんだものね……）

「陛下は、リゾルデ豊穣祭のことを心配なさっているだけですよ。皇妃陛下が無事に儀式を行えるかどうか。最近、皇妃陛下はきちんと公務に出ておられますが、いつまた公務に出られなくなるかわかりませんからね」

（……この間、様子を見に来たのってそういうことなのかな？）

リンデルトの言葉を聞きながら考える。先日、皇妃達とのピクニックの場に、皇帝が急に姿を現したのは、皇妃の体調を確認するためなんだろうか。

「……まあ、いいわ。リンデルトが言うのなら、そうでしょう。あなたも、皇妃には近寄らない方がよいのでは？　自分の立場を、もう少しわきまえることね」

そう言い残し、ティアンネ妃は立ち去ってしまう。それを呆然と見送り、ヴィオラは息をついた。

（ティアンネ妃って、嫌な人……！）

そもそも、ヴィオラがここに来ることになったのは、ティアンネ妃の母国が原因だ。彼女の国が、ヴィオラの国に戦争をしかけたりなんかしたから。

「ヴィオラ様……今のことはリヒャルト殿下にお話ししておいた方がよろしいかと」

「そう？」

「はい。ティアンネ妃は、皇妃様の代役として公務にあたることが多いのです。そうやって、事実上の〝皇妃〟として長い間振る舞ってきたので、自分の立場を奪われるのではないかと不安なのでしょう」

「そういうものなのね。ニイファがいてくれてよかった。ありがとう」

ニイファはいろいろ気がついてくれる。もし、ニイファに言われなかったら、自分がティアンネ妃から嫌味を言われただけだからとそのまま流してしまったに違いない。

「じゃあ、とりあえずニイファからセスに伝えてくれる？　必要なら、明日のピクニックで、私からも詳しい話はするけど」

「かしこまりました」

明日もまたリヒャルトとは顔を合わせるから、問題があるようならリヒャルトの方から話を聞いてくれるだろう。


先日作った鶏の唐揚げが好評だったので、今日はチキン南蛮を作ってみた。

マヨネーズに玉ねぎ、ピクルス、ゆで卵の他、少々の材料を加えてタルタルソースも作った。

甘酢につけた唐揚げとタルタルソースを一緒にパンに挟めば、チキン南蛮サンドの完成だ。

それから、カボチャとサツマイモにアーモンドをプラスしたサラダは、父がアンジェリカで出していたレシピを再現したもの。カボチャと二種類のサツマイモの甘みに、アーモンドが食感と香りを添えている。

ちょっと野菜が足りない気がするので、キャロットラペとコールスローを可愛い瓶に入れてバスケットに詰める。最後に入れた甘い卵焼きは、セスのリクエストだ。

先日、皇帝に見られたことから、今日は皇宮の庭園まで遠出することになっていた。見られてやましいことはないけれど、いつ来るかわからない皇帝を気にしていては、落ち着かないからだ。

皇宮の一角とはいえ、馬車に乗って移動すれば十分ピクニック気分を味わうことができる。

チキン南蛮も上出来だった。肉は柔らかくてジューシー。鶏肉に絡めた甘酢とタルタルソースの相性もいい。

（これなら、この国の人達も受け入れやすいかも）

なんて、考えながらも、豊穣祭のことについて聞くのは忘れない。

「リゾルデ豊穣祭は、皇妃様が儀式をするんですよね？」

「ええ、本来ならそうよ。けれど、私……前回の儀式は、ティアンネ様にお任せしてしまって」

チキン南蛮サンドを片手に、もう片方の手を頬に当てて皇妃は優雅に首をかしげる。

リゾルデ豊穣祭とは、大地の女神であるリゾルデに感謝を捧げる祭りのことだ。

毎年、秋の終わりの吉日に行われ、その日は全国民が仕事を休むことになる。

領主や地域の有力者達は、大地の恵みに感謝して、自分の住んでいる地域の人達にビールやワイン、ご馳走を振る舞い、国中が大騒ぎとなる。

その一方、皇帝一族はというと、リゾルデ豊穣祭に向けて、数か月前から準備を始める。皇宮の中に設けられている神殿に、三回に分けて捧げものをするのだ。

その儀式を行うのは、皇帝と皇妃でなければだめということではないけれど、皇帝と皇妃が一番望ましいとされていた。

「そういえば、二度目の儀式がそろそろだったわ。今度は私、ちゃんとできると思うの」

「それなら、よかったです」

「でも、こうやって外で食事をいただくのは春まで難しそうね。次からはサンルームにしましょう」

「風が冷たいですね、早めに引き上げましょう、母上」

秋も深まってきて、風もだいぶ冷たくなってきた。外でのピクニックは、春になるまでお預けになりそうだ。

これからは、室内で楽しく過ごす方法を考えなければ。

(火鉢とか用意できたら、かまくらを作るのも楽しそうなんだけど……どうかな？　私とニイファだけで作るのはきっと無理だろうな……)

イローウェン王国には、火鉢は存在しなかった。たぶん、オストヴァルト帝国にもないと思う。もしもミナホ国にあれば、取り寄せてみるのもいいかもしれない。

火鉢の上に薬缶を置いておけば、いつでもあたたかいお湯が手に入るし、乾燥しがちな部屋の空気を潤してくれる。

たっぷり用意したはずなのに、昼食はあっという間になくなってしまった。

「ヴィオラ、今日もおいしかった。ありがとう」

「私も、楽しかったです。皇妃様」

「少し歩きましょうか。リヒャルト、あなたも一緒にいらっしゃい」

にこにこしながら、皇妃はヴィオラを誘う。

その声にも、以前よりずっとはりが出ているような気がする。ヴィオラと皇妃が並んで歩き、少し離れたところをリヒャルトが歩く。ニイファは皇妃とヴィオラの邪魔をしないように、リヒャルトの後ろからついてきていた。

以前、皇宮内での警護は必要ないとリヒャルトが言っているとセスから聞いていたけれど、目立たない位置からセスが警護についていて、皇宮の中でも注意は怠らない。

（やっぱり……病は気からってことだったのかも）

並んで歩いて様子をうかがうと、以前より頬がふっくらしている。血色もよくなっていて、年齢相応の美しさを取り戻しつつあった。

「あなたには感謝しなければいけないと思っていたの。最近、リヒャルトも満月宮に戻ってきてくれることが増えたし……あなたがそうするように言ってくれたのですってね。食事がこんなにおいしいなんて思えたのは久しぶりだわ」

「ありがとうございます。そう言っていただけると嬉しいです」

皇妃が、少しでも元気になってくれたのなら、ヴィオラとしても本望だ。

「でも、どうしてリヒャルトにそんなことを言ったの？」

「皇妃様の場合は、普通の人とちょっと感覚が違うかもしれないけど、家族で食事をするって、大切なことだと思うんです」

「――それなら、あなたは？　家族と離れてこちらに来ているのでしょ？」

皇妃の問いに、一瞬戸惑った。ヴィオラには家族なんていない。ニイファが一番近い存在だ。

「私は……クィアトール宮に住んでる人達と一緒に食べています。お友達と食べるのも楽しいですよ？」

クィアトール宮に住んでいる令嬢達は、友人というにはちょっと微妙な気もするけれど、それしか言えなかった。

「……そう。ひとりじゃないのなら、よかったわ。それに、あなたとピクニックをする場所を探すのに、たくさん散歩をするようになったからかしら。最近は、とてもお腹が空くの」

最初に顔を合わせた時には、病人のようだと思ったけれど、たしかに今の皇妃はとても元気に見える。

「だとしたら、以前は運動が足りなかったのかもしれませんね」

「運動が足りない？」

皇妃が首をかしげる。そういえば、この国の人達に運動不足という概念はあるのだろうか。

「ある程度身体を疲れさせないと、夜よく眠れなくなるんだって、家庭教師の先生が言ってました。だから、先生は一日一時間歩くそうです」

「騎士団にもそういう奴がいるな。眠れなかった日は、次の日の訓練量を増やすんだそうだ。そうすると、たいていはぐっすり眠れるようになる」

リヒャルトが口を挟む。

「では、あなたはたくさん訓練をしなくてはね？」

「俺は眠れなかったことなんてありませんよ、母上」

こうやって、皇妃とリヒャルトが仲良くしている姿を見るのは、嬉しい。

「まあ、この子は。母に向かって、なんて口をきくのかしら」

リヒャルトの腕をぴしゃりと叩く姿は、最初に顔を合わせた時からは想像もできない。

「仕事もあるし、俺は、もう行きます。ヴィオラ、今日のサンドイッチもおいしかった。ありがとう」

リヒャルトが行ってしまうのは、ちょっと——いや、すごく寂しい。

「ひとつ、聞いてもいいかしら」

リヒャルトを見送ると、不意に皇妃が真面目な顔になるから、ヴィオラは戸惑った。

皇妃がこんな風に深刻な顔でヴィオラを見たことはなかったから。

「リヒャルトのこと、どう思う？」

「どうって……」

兄のように振る舞ってくれるのは嬉しい。一緒におしゃべりをするのも楽しい。でも、リヒャルトにどんな感情を向けているのか、ヴィオラにもまだよくわからない。

だから、首を横に振る。

「私に、『兄のように頼ってほしい』って前に言ってくれたんです。だから、そう思ってます。リヒャルト様がいないと、市場にも行けないし」

結局、笑ってそんな風にごまかすことしかできなかった。

「そう……リヒャルトのことを、大切にしてもらえるかしら？」

「……それは、大切ですけど」

ヴィオラにはまだ難しいかもしれないと言いながら、皇妃は話を続けた。

「私は……皇妃に選ばれたけれど、夫となった陛下は、私を顧みてくださることはなかった。リヒャルトが生まれても、それは変わらなかった」

異国からひとり嫁いできて、誰も頼れる人はいない。夫の気持ちも、皇妃に向くことはなかった。

「私が皇妃になることができたのは、ウルミナ王国の王女だったからという理由でしかないの。あの人の心は、私達の結婚より前に亡くなった女性に捧げられていた」

その女性が皇妃になれなかったのは、オストヴァルト帝国の貴族の中でも、身分が低い家の出だったからだそうだ。皇妃にするには、彼女の身分は低すぎた。

皇妃の地位が空のまま二妃となった彼女は、皇帝と皇妃の結婚前に亡くなったという。

以来、彼の気持ちはずっと彼女に向けられたまま。皇太子を産んだ皇妃のところには、週に一度訪れるか否か。

「政略結婚にしてもあんまりだと思ったわ。だけど、なにも言うことができなかった——そうこうするうちに、今度は私の国が滅びてしまって……」

皇妃の両親と兄は国の滅亡とともに亡くなり、他国に嫁いでいる姉は生き残った。けれど、皇妃の後見をしてくれるような立場の人は全員死に絶えてしまった。

「その時、少しだけ期待してしまったのね。夫がまだ、私を皇妃として扱ってくれたから……少しは気の毒に思ってくれたんじゃないかって」

だが、それもまた皇妃の期待で終わってしまった。皇妃の地位から退かせなかったのは、リヒャルトを皇太子としているからだ。

実家の後見を受けられなくなった皇妃に対して、支給金の増額と、皇族の私的財産からの援助はしてくれたけれど、満月宮に帰る回数は増えるどころか減る一方だった。

「陛下は私を捨てられなかっただけなのよね。それでも、いつかは——と期待してしまうのをやめられなかった。公の場で顔を合わせる度、今回こそはなにか声をかけてくれるのではないかと勝手に期待して、叶えられなければ落ち込んで」

期待して裏切られ続けたために、公務に出ることを恐れるようになってしまった。

けれど、リヒャルトが満月宮に帰ることが増えてからは、考え方が変わってきたのだと言う。

　その日あったことを、リヒャルトとおしゃべりしながら食事をする。一日満月宮にいては、彼と話すこともなくなってしまうから、積極的に外に出るようになる。

　公務に出た時、皇妃自身の目で見、耳で聞いたことをリヒャルトに告げれば、リヒャルトに手を貸すことになる。リヒャルトと違う目線からの情報は貴重だからだ。

「もう、あの人に期待はしない。けれど、私は私で強くあらなければと思ったの。皇妃としての立場を脅かす人達に負けないように。皇太子の母としてふさわしくならなくては」

「皇妃様は、十分お務めを果たしてらっしゃると思います」

「あなたのおかげよ、ヴィオラ。リヒャルトを兄のように思うのなら――私を、母のように思ってはもらえないかしら。あなたにはたくさんお返しをしなければならないもの」

　――母。

　その言葉だけで、胸がいっぱいになる。

「ありがとうございます、皇妃様」

　ヴィオラは、深く深く頭を下げたのだった。

＊＊＊

リゾルデ豊穣祭まではまだ少し日があるものの、すでに準備は始まっていて、皇宮内はその準備で慌ただしくなっていた。

ヴィオラも豊穣祭への参加を求められているとあって、皇宮内をあちこち行き来して準備に余念がない。

そんな中、ティアンネ妃とすれ違うこともあるけれど、ヴィオラの顔を見かける度、彼女の眉間にしわが寄る。

そのため、ヴィオラは彼女の姿を見かけたら、そっとその場を離れるようにしていた。

皇宮内を移動する時、場所によっては馬車を使う。だが、午前中に受けたダンスのレッスン会場とクィアトール宮が近かったことから、今日のヴィオラはニイファを連れて庭園内を歩いていた。

「この庭園を歩き回るだけで、かなりの運動量になりそう」

「それは否定できませんね」

くすくすとニイファが笑う。彼女は、ヴィオラの侍女としてあちこちの宮に出入りしていたので、この庭園の構造を完全に把握していた。

「——そういえばヴィオラ様。ここに来る途中で、盗賊に襲われたのを覚えていますか?」

「もちろん。忘れるはずないでしょう。ニイファだってそうでしょうに」

母国でも城から外に出ることはほとんどなかったから、盗賊というものに実際に遭遇したのは初めてのことだった。

馬車が走り出した時の恐怖。湖に転落した時の絶望感。今になっても、思い返すと背筋を冷たいものが流れ落ちるくらいだ。

「……結局、まだ犯人は見つかっていないそうです」

「それは、しかたないいんじゃない? あの件だけにかかりきりになっているわけにもいかないでしょう」

皇宮には、満月宮や新月宮、クィアトール宮をはじめとした星の名を与えられた宮など、たくさんの建物がある。それらの建物すべてに庭園が付属していて、灌木によって区切られている。ふたりはちょうど、次の区画に足を踏み入れようとしているところだった。

「リヒャルト様だってお忙しいんだし……調査が進まなくてもしかたないと思うの。

私もニイファも無事だったんだから」

皇妃が、リゾルデ豊穣祭に向けて全力を尽くすと決めた今、ヴィオラがリヒャルトの足を引っ張るのもよくないだろう。

（……寂しいけど、いつまでも甘えているわけにはいかないものね）

もともと、リヒャルトがヴィオラの命を救ってくれたことで始まった関係だ。いつまでも彼の厚意に頼っているのでは、彼の迷惑にもなるだろう。

そんな風に思った時だった。角を曲がったところで、不意にニイファが足を止める。

「ニイファ、どうかした？」

「道を間違えてしまいました」

「やだ、本当」

ニイファとのおしゃべりに夢中になっていたから気がつかなかったけれど、皇宮の中でも、特に人気《ひとけ》のない場所に来てしまっている。

「失敗したわね。とにかく、来た方向に戻ってみましょう。そこから改めてクィアトール宮を目指せばいいし」

こういう時はやみくもに歩き回ってはだめだ。見覚えのある場所まで歩いて戻って、そこから正しい道に戻る方がいい。

ニイファを促して元の道へ戻ろうと向きを変えたところで、不意に背後から口を塞がれ、もう片方の手で軽々と身体を抱え上げられてしまった。

「んんっ、んんんんっ！」

手足をバタバタさせるものの まったく敵わない。相手は成人男性でひとりではないようだ。頭の上の方から、「この娘で間違いないのか」とか「侍女も連れていけ」などという話し声が聞こえてくる。

「ヴィ、ヴィオラ様——きゃあっ！」

ヴィオラは手足を止めて息をのんだ。不意に現れてヴィオラを掴んだ男達のうち、ひとりが無造作にニイファを殴り倒したのだ。

みぞおちにこぶしを叩き込まれたニイファがずるりと崩れ落ちる。

「んーっ、んんんんっ！」

ニイファが倒れたのを見て、再び手足をばたつかせるけれど、逃れることはできなかった。男達は、ヴィオラに素早く猿轡《さるぐつわ》を噛ませ、縛り上げて袋に放り込む。

(な、なんなの……いったい……ニイファは……？)

袋に詰められたヴィオラは、ひとりの肩に担がれている。殴り倒されたニイファは無事だろうか。それに……この男達は、なにが目的なのだろう。

イローウェン王国に身代金を要求するにしたって、父がヴィオラのためにお金を出してくれるとは思えない。

けれど、男達はヴィオラを手にかけるつもりはないみたいだった。袋に入れられたまま運ばれているから、自分がどこに向かって進んでいるのかもわからない。

それからたぶん、馬車に乗せられた。それは、拉致された現場から遠くはなれたところまで運ばれるということを意味する。

(……ど、どこにいくんだろう……)

永遠とも思えるくらい長い時間が過ぎた後、ヴィオラは固い床の上に放り出された。肩がごつんと床にぶつかり、ついで後頭部をぶつけて目の前に星が散る。

頭がくらくらとしたままもがいていたら、袋の口から頭が出た。連れてこられたのは小屋だ。

(ど、どういうことなの……？)

誘拐された理由が、まったくもって見当がつかない。視線を部屋中に走らせると、もうひとつの袋が放り出される。

男が袋の口を開き、乱暴に引き下げると、中からぐったりしたニイファが出てきた。ニイファはふたりがかりで運んでいたので、ヴィオラを担いでいたひとりと合わせて三人がこの誘拐に関わっていたことになる。

「んー！　んんんっ！」

懸命に呼びかけてみても、猿轡をされているので言葉にならない。泣き出してしまいそうになるのをこらえていたら、目の前にナイフが突き出された。

「おとなしくしていれば、殺すことはない」

本当に？と目で問いかけるけれど、彼はヴィオラの疑問を解消してくれるつもりはなさそうだ。

小屋の中にいる三人の男達は、いずれも不穏な気配をまとっている。ヴィオラは、自分がどんな状況に置かれているのかわからず、しきりに瞬きを繰り返した。

（おとなしくしていれば殺さないって……どういうことなんだろう……それに、この人達、この国の人間ではない……？）

三人とも、イローウェン王国風の衣服を身に着けていた。

平民の場合、イローウェン王国の男性服は、オストヴァルト帝国の男性服よりも上着の裾が長めだ。そしてシャツの襟の形が違い、喉の上までぴったりと覆う形になっている。

というのも、イローウェン王国はオストヴァルト帝国よりも北にあり、喉を守るために襟が高くなっている。上着が長めなのも、防寒のためだ。

母国風の衣服を見て、どこか懐かしいと思ってしまったのは、この国での生活に完全にはなじんではいないということなのだろう、きっと。

「あとで迎えに来た奴らに、このふたりを引き渡せばいいんだろ？」

「ああ、それで俺達の仕事は終わりだ」

けれど、彼らの様子を見ていて、ヴィオラはなんだか落ち着かない気分になった。どうして落ち着かないのだろうと、彼らの様子を見続けながら考える。

（……言葉が違う？）

衣装はイローウェン王国風であるものの、彼らのなまりはイローウェン王国のものではない。ひょっとして、彼らは帝国に移住して長い人達なのだろうか。でも、それならむしろ帝国風の衣服にイローウェンなまりの方が自然だ。

「しかし、このお姫様もついてないよな。皇宮から逃げ出したってことにされるんだろ」

「――こら、これ以上この娘の前でしゃべるな。あとで面倒なことになるだろう」

「兄貴はびくびくしすぎだ。子供の言うことなんか、誰も本気にするものか。それに、雇い主のことまでしゃべったわけじゃないし」

「いいから黙ってろ。お前をこの計画に入れたのは失敗だったな」

三人の中で、〝兄貴〟と呼ばれた人物が中心になって計画を進めているようだ。他のふたりは彼の指示で動いているらしいとヴィオラは推測する。

「だが、馬車を停車させておく者は必要だっただろう。この娘、常に侍女を連れて歩いているんだから――逃げ出したように見せるには、侍女も連れ去らなければならないしな」

ニイファは完全に意識を失ってしまっているし、ヴィオラひとりならなにもできないと彼らは考えているのだろう、きっと。

その証拠に、ヴィオラの前に推理するための材料をいくつも投げ出している。雇い主という言葉が出てきたということは、彼らは下っ端。

だから、他に命令している人がいるわけで――黒幕が誰なのか見つけ出さないと罪に問うことはできない。

(たぶん、この人達、イローウェン王国の人じゃないんだ)

逃げ出したように見せるということは、どこかで罪をイローウェン王国になすりつけるということ。

人質としてこの国に来ているのに、その役目を果たさず逃げ出したとしたら、ヴィオラの立場は悪化するし、それ以上に帝国の周囲にある国の中でイローウェン王国に対する信頼もガタ落ちになってしまう。

（なんとかしなくちゃ……）

懸命に思考を巡らせるけれど、いい考えは浮かんでこない。代わりに、目の前にいる男達の顔をしっかりと覚えておくことにする。

それより、ニイファは大丈夫だろうか——意識を失ったままぴくりともしない。彼女の意識が戻ったら、ふたりで逃げ出す計画を立てなければ。どうやって逃げ出すのか、まったくもって見当もつかないけれど。

縛られていては、逃げることもできない。どんどん心細くなってきて、ついには涙が溢れてしまう。

助けなんて、来るはずがなかった。

皇妃やリヒャルトが、ヴィオラが行方不明になったと気づいたとしても、今、どこにヴィオラがいるかまではわからないだろう。

ニイファとふたり、きっとこのまま殺されてしまうのだ。せっかく帝国に来たのに、まさか、再び命を狙われることになるなんて。

ヴィオラの目からぼろぼろと涙がこぼれ落ちる。頰を伝って、床に染みを作った。

涙を止めたいと願うけれど、腕を縛られているので拭うこともできない。ただ、次から次へと無言のまま涙をこぼし続ける。

「おい、泣くな。声を出すと大変なことになるぞ」

大きく目を見開いたまま、ヴィオラは二度うなずく。ニイファの命も預かっているのだ。

(……誰か、助けて……)

男にうなずいて見せたものの、涙は止まらなかった。泣き声は猿轡に吸い込まれていったけれど、零れた涙はひたすら頬を濡らす。

「まったく……だから、子供は面倒なんだ」

ヴィオラに向かってそう言い放った男は、仲間達の方を振り返った。

「おい、俺は少し出てくる。女と子供に逃げられないようにしろ」

そう言い残した男は、小屋の扉を開き、外に行ってしまった。どこに行ったというのか——残されたふたりのうちひとりが、ヴィオラの方に目を向ける。

「お前さんも気の毒にな。あのお方を敵に回すとは……」

「おい、ほどほどにしておけよ。この娘を殺すと面倒なことになるんだ」

(たしかに、私を殺そうとはしていないわよね……逃げ出したことにするって言ってたけど……）

　後ろ手に拘束された手首が痛い。それに、妙な体勢で転がっているので、脚も痛い。床の上でもぞもぞとし、少しでも楽な体勢を取ろうとする。

　ごろん、と寝返りを打って、反対側の腕を下にした。ずっと涙が流れ続けていた頬がひりひりとする。

（〝あのお方〟って誰のこと……？）

　ヴィオラに敵なんているはずもない。唯一思い当たるとすれば、継母のザーラくらいだ。だが、そのザーラも国境を越えたイローウェン王国にいるのだ。ヴィオラにこんな危害を加えるはずもない。

　だいたい、彼らはイローウェン王国風の服を着ているのに、まったく違うなまりの入った言葉をしゃべる。どこの国の人なのかわかれば、考えの幅も広がりそうではあるが、聞いたことのないなまりだった。

　出て行った男が戻ってくる気配はない。残ったふたりは、テーブルに腰かけて酒を飲み始めてしまった。

（ニイファが意識を取り戻さないかぎりは、なにもできない……）

　部屋の両端に投げ出されてしまったから、近くでニイファの様子をうかがうこともできない。気を抜けば涙がぼろぼろと溢れて、視界が完全に涙で覆われる。

泣いてもどうしようもないってことくらい、ヴィオラにだってわかっているのに。

「兄貴、遅くないか?」

「雇い主と連絡とるのに手間取ってるんだろ。なかなか高貴な身分の――これ以上はまずいか」

ヴィオラが聞き耳を立てているのに気づいたらしく、男達はそれ以上の会話をやめてしまう。

――もし、ここから生きて出ることができたなら。

ヴィオラは懸命に考えを巡らせる。まずは、この男達の雇い主を見つけ出さなければ。そして、なぜ、誘拐したのかを問いただすのだ。

それから、ニイファには巻き込んでしまったお詫びをしなければならない。いっそ、皇宮内で他の仕事に就いてもらった方がいいんじゃないだろうか。

そんな風にぐるぐると考え込んでいたら、男のうちのひとりがぴくりとした。なにかに気づいたかのように、視線を部屋中のあちこちに走らせる。

「今、なにか音がしなかったか?」

「気のせいじゃないか? こんなところ誰も来ないだろう」

「兄貴が戻ってきたのかと思ったが」

その時だった。

小屋の窓ガラスが、大きな音を立てて割れる。

「なんだ！」

男達が一斉に立ち上がる。窓から飛び込んできた石が、床の上に転がっていた。さらにもう一度、ガラスの割れる音が響く。

「誰だ！」

男がそう叫んだ瞬間、ヴィオラはぐいっと後ろに引かれるのを感じた。

「——ヴィオラ姫は返してもらうぞ」

そこからあとは大騒ぎだった。ヴィオラを誰かが抱え込んでいる。その誰かに、剣を抜いた男が向かってきた。

ヴィオラを背後に回したかと思ったら、抱えてくれた〝誰か〟は素早く剣を抜き、男の剣を受け止める。

後ろ姿だったけれど、ヴィオラにはわかった。これは、リヒャルトだ。

（……リヒャルト様！）

男の剣の勢いはすさまじく、リヒャルトは防戦一方に追いやられているようにヴィオラの目には見えた。

振り下ろされた剣をなんとか受け止め、横に払いのける。そして、今度はリヒャルトの方から打って出る。

その攻撃は男の剣によって横に流れ、リヒャルトが体勢を崩す——猿轡をはめられたままのヴィオラの口からはくぐもった悲鳴が上がった。

けれど、リヒャルトは体勢を崩したわけではなく、そう見せかけただけだった。リヒャルトの剣が閃いたかと思ったら、男の手から剣が落ちる。

「い、いてぇ！」

「下手に動くと、手が使い物にならなくなるぞ」

リヒャルトのその言葉に、男はぴたりと止まる。その間に、もうひとりの男も床に叩きつけられていた。そちらの相手をしていたのはセスだ。

男の剣を小屋の外に蹴り出し、セスが問う。

「降参するか？」

男がなにか言ったかと思うと、セスは剣をおさめた。男がその隙にセスを殴ろうとするが、逆にセスのブーツが男の顎にめり込む。

「んー、んんんーっ！」

懸命に叫ぶと、リヒャルトはヴィオラの方に向き直った。かがみ込み、猿轡を外してくれる。

「こ……怖かった……！」

長い間猿轡をはめられていたからか、ヴィオラの口から出た声は思いきりかすれていた。

「怖い思いをさせてすまなかった。まさか、皇宮の中で誘拐されるとは……」

ヴィオラを拘束していた縄がぷつりとナイフで切られ、次の瞬間にはリヒャルトの腕の中に抱え込まれていた。

「本当に、怖い思いをさせてしまったな。すまない……すまない、ヴィオラ」

「ニ、ニイファは……？」

かすれたままの声でそう問いかけると、部屋の向こうからセスが教えてくれる。

「意識を失っているだけだと思います。ひどい怪我はないようですので、ゆっくり休めば大丈夫でしょう」

「よ、よかった……」

素直な言葉が、ヴィオラの口から零れた。ニイファが無事で、本当によかった。ニイファの身になにかあったなら、ヴィオラは自分を許せなかったことだろう。

「でも、なぜ……？」

「母上が会いたいと言うので、ヴィオラを迎えに行ったんだが……そこで、イローウェン王国風の服を着た者達とすれ違った。てっきり、ヴィオラのところに来た使者だと思ったんだがな」

「その時、侵入者がいたようだと警備の者から報告があったのです」

クィアトール宮にいる使用人に確認したところ、イローウェン王国からの使者など来ていないという返答だった。

もちろん、それがすぐにリヒャルトの頭の中でヴィオラが行方不明になったこととつながったわけではない。

けれど、ヴィオラとニイファの行方を追い、別の部隊には不審人物の追跡を命じ、捜し出そうとしていたところ、ふたつのグループの追っている先がひとつになった。

最終的にこの小屋に狙いを定め、中にヴィオラとニイファが捕らわれているのに気づいた時に、ちょうどひとり出てきた。帰りが遅いと言われていた〝兄貴〟だ。

小屋の中の様子をうかがいながらも、彼を捕らえ、男達の注意がヴィオラとニイファから離れたところで一気に攻撃をしかけたというわけだ。

「助けに入るのが遅くなってすまなかった」

「大丈夫、です」

助けが来るなんて思わず、あのまま連れ去られ、殺されるのだと思っていた。助けを期待していなかった分、助かった時の安堵感は大きくて……。

お礼を言わなければと思うのに、言葉が出てこない。

「帰るぞ」

先にヴィオラを馬に乗せ、あとからリヒャルトがまたがる。小柄なヴィオラの身体は、リヒャルトの腕にすっぽりと包み込まれてしまった。

「……ここ、どこですか？」

片方の手でヴィオラを抱え、もう片方の手で手綱を取ったリヒャルトはゆっくりと馬を進めている。ヴィオラの問いにリヒャルトが答えようとした時、後ろから馬の足音が近づいてきたかと思ったら、セスが馬を寄せてきた。

「男達は、全員連行します。よろしいですか」

「わかった。ヴィオラを誘拐したやつらだ。警備はいつも以上に厳重に頼む」

「かしこまりました」

セスが頭を下げ、彼の馬がまた後方へと向かう。そうしておいて、リヒャルトは中途半端になってしまったヴィオラの問いに答えてくれた。

「ここは、皇宮から見て北の方にある森だ」

「私、皇宮の外に出てしまったことになりますね……」

ヴィオラは人質として帝国に来ているので、勝手に皇宮の外に出ることは許されていない。市場に出た時はリヒャルトが皇帝から許可をもらってくれたのだ。

勝手に皇宮から出てしまったヴィオラは、罰せられるのではないだろうか。いや、ヴィオラが罰せられるのならまだ諦めもつくけれど、国元に迷惑をかけてしまうのは困る。

「今回のことはしかたないだろう。ヴィオラのせいじゃない。むしろ、俺達の方がイローウェン王国に詫びを入れなければならないくらいだ。王女を預かっているのだからな」

「そ、そうでしょうか……」

リヒャルトがそう言ってくれるのなら、安心してもいいような気がする。ヴィオラは、鞍の前をしっかり掴むと、前方に目を向けた。

（……私を連れ去ろうだなんて、どういう目的があるんだろう）

考えてみてもわからない。帝国からヴィオラを連れ去ることに、なんの意味があるのだろう。

（身代金目当てってわけでもないだろうし……そもそも、あの人達、どこの国の人達なのかしら）

身に着けているものはイローウェン王国風のものであったけれど、彼らのなまりは違っていた。

しかし、無事に皇宮に送り届けられたあと、医師の診察を受けたり、リンデルトに事情を聞かれたりして過ごしているうちに、ヴィオラのその疑問はどこかに行ってしまった。

＊＊＊

一度、誘拐されたということもあり、ヴィオラの行動範囲は狭く制限されることになってしまった。

「窮屈だろう。すまない」

「いいえ、それは別にしかたがないというか、なんというか」

リヒャルトが謝る必要はない。誘拐されたのだから、当然の警戒だ。

「ヴィオラ様を誘拐した者達は、口をつぐんでいましたからね……誰も、なにも話さないままでした」

セスが悔しそうな表情になる。

ヴィオラを取り戻したまではよかった。誘拐犯達も捕まって、皇宮へと連行された。

だが、彼らから事情を聞くことはできなかった。

――なぜなら。

彼らは全員、皇宮に到着するまでに自害したから。

死者の口を開かせることはできない。ヴィオラ誘拐の真相は、闇に葬り去られたということになる。

「よほどの忠誠心をもって仕えている者達なんだろう。そうでなければ、自害なんてしない。生き残りたいというのが人間の本能だからな」

あれから数日。

ヴィオラのところに来て事情を説明してくれているリヒャルトは、終始険しい表情。

ヴィオラを誘拐した黒幕が見つからなかったことを、心から悔しがっているようだ。

「でも、わかったこともあります。イローウェン王国の者達でしょう。服装が、イローウェン王国風のものでしたから」

セスがそう言う。

「ヴィオラ様を連れ戻そうということではないのですか？　国王は、ヴィオラ様を帝国に送るのは反対だったと聞いていますし」

「それはないと思うの。だって……」

口を開きかけたけれど、ヴィオラひとりが疎まれて育ったのだと、この人達に話していいものかわからない。どう説明したものか、言葉を探す。

「その、私を連れ戻したら、帝国は私の国に対して怒るでしょ？　そもそも、最初に私がここに来なくてはならなくなった理由も、戦があったからだし……そこはお父様も割り切っているというか、うん、人質を送ること自体は反対していないと思うの」

「ですが、帝国が間に立ったのを面白いとは思っていないでしょう。帝国に対して、戦をしかけるつもりかもしれない」

こちらを見るセスの目が、鋭さを増した気がした。彼の目に呑まれそうになって、ヴィオラは唇を噛む。問題は、そこではないのだ。

ヴィオラはイローウェン王家で浮いてしまっている。それを今、彼らの目の前で認めたくはなかった。

「どうした？」

気がつけば、リヒャルトがこちらを見つめている。ヴィオラは首を横に振った。

「ごめんなさい、心当たりがなくて……」

「ヴィオラ様、大変申し上げにくいことなのですが」

首を振るヴィオラに向かって、セスが問いかける。

「本当に心当たりはないのですか？　ヴィオラ様が、こちらの国に来た時も、途中で襲撃されていましたよね。あれは、ヴィオラ様を取り戻そうとする者達の仕業なのでは？」

「そ、そんなこと……」

もう一度、首を横に振る。リヒャルトが険しい表情になった。

「セス、今それをヴィオラに聞くのか？」

「今聞かずに、いつ聞くと言うんです？」

リヒャルトが割って入るのにもかかわらず、セスは続けた。

「ヴィオラ様を取り返し、王太子としようという一派がいるという話も聞いています。そいつらの仕業ではないのですか？」

「……それは、ないと思う。ただの噂じゃないかしら」

「ですが、ザーラ妃はもともと王の愛人だったと聞いています。愛人の子供が即位するのを嫌がる者もいるでしょう。そういった者がヴィオラ様を取り戻そうとしたのでは？」

「セス！　いいかげんにしろ。子供の前だぞ」

「大丈夫です、リヒャルト様。セスの言うこともわからなくはない……んだけど」

やっぱり、ここでリヒャルトにきちんと話をしておいた方がいいのではないだろうか。少なくとも、この国において数少ないヴィオラの味方であることは間違いない。

（どこから話したらいいの……？）

でも、もうここまできたら今さらなのかもしれない。

自分が国内において軽んじられる立場であったのをリヒャルトに知られたくないというのは、ヴィオラの見栄でしかないのだ。

「お異母兄様《にいさま》が王太子になったのを、面白くないと思う人はいると思う。だけど、セスが言うみたいな、お異母兄様を退けてまで、私を即位させたいと考える人はいないと思うの……国にいた頃、私の味方をしてくれる人はほとんどいなかったから」

ザーラは、ヴィオラを排除したがっていたとはいっても、事故を装ったり、病気を装ったりとなるべく〝自然に〟見える形にこだわっていて、証拠が残らないよう注意を払っていた。年頃になるまでヴィオラが生きていたとしたら、政略結婚など別の使い方もできるように計画していたようだ。

少なくとも、その日の食事に困ったり、王女としての教育をおろそかにされたりすることはなかった。

異母妹の方が数も多く、贅をつくした品が多かったとはいえ、シーズンごとにきちんとドレスも新調してもらっていたし、国内の貴族達の目の前でヴィオラを虐げているのが露見するような行動はとらなかったと思う。

明らかにザーラに疎まれているヴィオラの周囲に人がいなかっただけで、目に見えて粗雑に扱われているということはなかった。

「もし、私を王太子にしたいと思っていたのなら、もっと早く動いていたと思うんです」

ザーラの手からヴィオラを解放し、王太子として立てたいのであれば、ヴィオラが国外に人質として出される前ではなく、国内にいる間の方が動きやすい。今になって動く理由なんてないのだ。

「それに、あの人達……イローウェン王国の人じゃないと思います。服装はそうだったけど、言葉が違ったから……」

どこのなまりかまではわからなかったけれど、彼らの話す共通語はイローウェン王国の人間が共通語を話す時のなまりとは違っていた。そう話すと、リヒャルトもセス

いんないからわかのたしとうよし拐誘を私にめたのんな、が誰、もてしと私、らかだ「

も難しい顔になった。

です」

ヴィオラが唇を噛むと、彼は手を伸ばしてヴィオラの手を掴んだ。

「ヴィオラはどうしたい？　国には帰してやれないが、俺にできることがあれば」

「今のままでいいです。皇妃様とリヒャルト様に時々会えたら、それだけでいいです」

アデリナ皇妃とのお茶会は、この国に来てからの楽しみのひとつだった。

外で食事をするようになったからか、皇妃が最近健康を取り戻してきたのもヴィオラにとっては喜ばしいことだ。

だから、これ以上望むものなんてないのだ。もし、アデリナ皇妃がヴィオラを好きになってくれたのなら、それだけで十分だ。

「わかった。とにかく、捜査は進めよう。預かっている姫君が皇宮内から誘拐されたなどと他の国にも申し訳が立たないからな。セス、警戒を強めるように皇宮警備隊にもう一度話をしよう」

「かしこまりました。それでは、警備隊長との面談の約束を取りつけておきます」

どうしたって、怖いものは怖い。

自分に向けられている悪意がどこから来ているのかわからないならなおさらだ。

言葉を失ってしまったヴィオラに向かい、リヒャルトは力づけるように肩に手を置いた。

「もう、同じことは起こさないから心配するな。ヴィオラは、これから、どうしたいかだけを考えればいい」

「はい……」

皇妃との時間も、もっと充実させていこう。

──ひょっとしたら。

肩から手が離れていくのを寂しいと思いながら、ヴィオラはリヒャルトを見上げる。

(私は、この人のことを好きになってしまったのかもしれない)

二度も命を救われた。

だから、これが恋と言われてしまえばそうなのかもしれないけれど。

でも、告げたところで、先に進むはずがない恋であることもわかっている。

立場の違いとか、年齢の違いとか。

だったら、今のうちに、これ以上この気持ちが育たないようにした方がいい。

気持ちに蓋をするように、勢いよく立ち上がったヴィオラは、リヒャルトの手をぎゅっと掴んだ。

第六章　満月宮へ引っ越す理由

ヴィオラを誘拐した者の黒幕は見つからないまま、二週間ほどが過ぎた。

最初のうちは、クィアトール宮から外に出ようとはしなかったヴィオラだったけれど、時間が経つにつれて多少は警戒心も緩んでくる。

警備がしっかりされているところに限定されたけれど、庭園での散歩も再開された。

今日は皇妃とのお茶会に備えて、午前中の勉強が終わったところでケーキを焼き始めた。

アデリナ皇妃はミナホ国の食材も好んで食べるから、今日は小豆と抹茶を使ったケーキだ。向こうで切り分けてもらって、生クリームを添えていただくつもりだ。

「……帰りたいな」

オーブンの中を確認しながら、ぼそりとつぶやく。

帰りたい――祖国ではなくて、日本に。ここでの生活が楽しくないわけじゃないけれど、家族が恋しい。

使ったボウルを洗ってくれていたニイファが振り返る。

「なにかおっしゃいました？」

「ううん、皇妃様が気に入ってくださったらいいと思って」

ニイファにも本当のことは言えないから、笑ってごまかした。

「この間のお団子もずいぶん喜んで召し上がってましたから、大丈夫だと思いますよ。ヴィオラ様が、こんな才能をお持ちとは全然知りませんでした」

「あ、うん……そうね。国にいた頃は、厨房を使わせてもらえなかったから、ニイファは知らないわよね」

〝ヴィオラ〟は厨房に入ることなんてなかったし、調理の手順だってなにひとつ知らなかった。〝咲綾〟としての記憶が戻ったからこそできることだ。

先日、市場で入手した粉を使って作ったお菓子――みたらし餡と小豆の餡を絡めた――の団子も皇妃はとても喜んでくれた。串団子にはできなかったから、可愛らしくお皿に盛りつけて出したら、フォークで刺して食べていた。

自分の作ったものを喜んでくれる人がいるというのは、ヴィオラの心を温かくさせてくれる。

（……たぶん、お母さんみたいに思ってるんだと思う）

誰にも言うつもりはないけれど、ヴィオラの中ではそう解釈している。

ヴィオラには母との記憶は存在しない。母の記憶も残らないくらいに幼い頃、母も命を落としたからだ。

父はもともとザーラを寵愛していたから、ヴィオラの知っている〝家族〟は前世の記憶の中にしかない。

家族で同じものを食べるということが、どれだけ心を近づけてくれるか。最近では、皇妃の食欲はますます増して、食事も残さず食べられるようになってきたという。

（今日のケーキも喜んでくれたらいいんだけど）

抹茶と小豆のケーキは、まだほのかに温かい状態で食べるのが好きだ。きっと皇妃も気に入ってくれるだろうと思いながら、ケーキを取り出すタイミングをうかがう。

「あら？　誰か来たみたいですね」

「本当だわ。見てきてくれる？」

慌ただしく厨房に向かってくる足音がする。ニイファが様子を見に行ってくれたかと思ったら、足音がこちらに戻ってくる。

ちょうどオーブンからケーキを取り出そうとしていたヴィオラは、ニイファが連れてきたのがリヒャルトであることに気づいて戸惑った。

今日の午後、皇妃のところで一緒にお茶を飲む予定だったのに、どうしたのだろう。

「ヴィオラ、今日のお茶会は中止だ」

セスや他の侍従を使いに出せばよさそうなものなのに、リヒャルトは開口一番、そんなことを言う。

「中止って……」

嫌な予感が胸をよぎる。最近はなかったけれど、急に皇妃の具合が悪くなったのだろうか。その予感を裏付けるように、彼は続けた。

「それで、君に話がある。すぐに、荷物をまとめて満月宮に移ってくれ。ニイファも一緒に。部屋は用意してあるし、父上の許可もいただいてある」

「満月宮に移動なんて……どうかしたんですか？」

けれど、リヒャルトはこの場で説明してくれるつもりはなさそうだ。

「先日、誘拐されただろう。とても心配した母上が、君を手元に引き取りたいと言い出してね。母上の願いだから、拒否権はないと思ってくれ」

「でも、今さら——」

抗議しかけたヴィオラの唇にリヒャルトは人差し指を押しつけ、それから先の言葉を封じてしまう。

（……裏がありそう）

ヴィオラが誘拐されたのは二週間も前のこと。それなのに、今になってヴィオラを引き取ろうというのだから、たぶん、別の事情があるんだろう。

ちらりとニイファの方に目をやると、黙って首を縦に振った。

「満月宮でも厨房は使えますか？」

ヴィオラの言葉に、リヒャルトは驚いたように目を見張ったけれど、次の瞬間には彼の表情が柔らかくなる。ヴィオラの意図を汲んでくれたみたいだ。

「もちろん。君の作ってくれる珍しいお菓子が目当てのところもあるからね」

「よかった。あのですね、今日、ケーキを焼いたんです。ミナホ国の食材を使って。支度をしている間に冷めると思うので、一緒に持っていきましょう」

ここでは、あまり大げさに騒がない方がいい。

リヒャルトがヴィオラを迎えに来たのが大げさと言えば大げさだけれど、皇妃の〝お気に入り〟だと使用人達の前で印象づけておけば、ごまかせる範囲だ。

「ヴィオラは本当に気が利くな。母上が手元に置きたがるのもわかる気がする。俺はすぐに馬車を用意して戻ってこよう」

リヒャルトは、来た時同様、慌ただしく出て行ってしまった。

ニイファは首をかしげたけれど、今、この場でヴィオラに問いただすことはしないと決めたみたいだった。使った調理器具を大急ぎで洗い始める。

「ニイファ、服とか小物をつめてくれる？　私、絵を描く道具をまとめてくる。あと教科書とノート、ヴァイオリンも！　部屋に置いてるクッキー型も忘れないようにしなくちゃ。ミナホ国の食材も持って行かないとね！」

ドレスや生活用品をまとめるのはニイファに任せ、ヴィオラは、勉強に使う道具と調理器具や食材を荷造りすることにした。調理器具は厨房に置かれているものを使うのだが、クッキー型やタルト型など、自分用に買ったものもいくつかあるのだ。

リヒャルトが戻ってきた時には、まだ荷造りは始まったばかりだったけれど、その日のお茶の時間には、満月宮に移動することができた。


ヴィオラが事情を説明してもらえたのは、満月宮に移動してからだった。

ヴィオラの部屋は、皇妃の部屋の向かい側に用意されている。ニイファにはその隣の小部屋があてがわれ、常に一緒にいられるように配慮されていた。

贅をつくした部屋の様子をじっくりと観察する間もなく訪れたリヒャルトは、難しい顔をしてヴィオラの正面に座っている。

「……皇妃様が倒れた？」

青い絹地のソファーに腰かけたヴィオラのすぐ背後に立つニイファが、はっと息を飲むのが伝わってきた。

「ああ、毒物が盛られたようだ。幸い、命の心配はないのだが……」

「待ってください。どうして、そんなことになっているんですか？　皇宮内は厳重に警戒されてます……よね？」

そう口にしたヴィオラの頭を真っ先によぎったのは、この国に来て最初の晩餐会での出来事だった。

あの時は、全員が飲むキノコのポタージュに毒キノコが紛れ込んでいた。あれだって、本来ならありえないことだ。

そして、今回は皇妃に毒物が盛られたという。

「それは否定できない。今になって思えば、あのポタージュも、狙いの中心は母ではなかったかという気がする」

「あの場にいた全員、……皇帝陛下まで巻き込んでですか？」

ソメカイタケの毒性はさほど強くないとはいえ、意図的に引き起こされた事件なのだとしたら、皇帝まで巻き込むのはおかしい話だ。

「実を言うと、父上はキノコのポタージュはさほど好みではないそうだ。ただ、それを人に知られるのは嫌がっていてな……キノコのポタージュが出る時には、父上だけは別のスープが出されると厨房の料理人が証言した。俺も、知らなかったんだ」

皇帝としては、自分の好き嫌いを人に見せたくないものらしい。そのため、あの時のキノコのポタージュは、皇帝には供されなかったのだそうだ。

皇帝に出されたのは、芋を使ったポタージュで、上に載っていたキノコは単なる飾り。ポタージュにされたキノコは苦手だが、飾りに使われるキノコは食べられるので周囲にはそうやってごまかしてきたらしい。

（好き嫌いがあるなんて、子供みたい……）

とは思ったけれど、口には出さない。ヴィオラにだって、苦手な食材はある。

自分が苦手だから、キノコ全体を禁止するのではなく、キノコが出される時には、自分の分だけこっそり違うものに入れ替えているのなら、そこまで横暴ではないと思う。

「それを知っていた人っているんですか？」

「厨房の料理人はもちろん知っているが、それ以外に知っているのは母上、それから他の妃達くらいだろうな。キノコのポタージュが供されるのは、年に数度と聞いているから、他の者が気づくのは難しいと思う」

「でも、それを言ってしまったら……」

不意に気づいてはならない事実に気づいてしまう。

招待客全員を巻き込んだとしても、皇帝に危害が及ばないことを前提とした計画だったならば。あの時毒キノコを紛れ込ませた人物は、この国の中枢にとても近い位置にいることになってしまう。

「――皇妃様は、キノコのポタージュはお好きなんですか?」

「特に好むというわけではないが、食欲がなくても、ポタージュなら飲みやすいから普段なら完食していたと思う」

(だとしたら、あの時、一番被害の及ぶ可能性が高かったのって、皇妃様なんじゃないかな……)

食中毒などの場合、同じ食事を口にしていたとしても、症状が重い人とそうではない人に分かれることがある。

それは、体内に取り入れた量や、食べた人の体力で変わってくるものらしい。抵抗力の違いと言ってもいい。

今は比較的落ち着いているけれど、あの頃の皇妃はとても弱っていた。もしも皇妃がポタージュを全部飲んでいたならば、確実に影響が出ていたはずだ。

でも、そうなると誰が皇妃を退けたかったのか。浮かんでくる名前はとても限られたものになってしまう。

「もちろん、母上を狙ったものではない可能性もある。君だって誘拐されたのだからな」

「あ、そうですね……私を狙ったという可能性もありますよね」

誰が、なんのためにというのはわからないし、ひょっとしたら、被害妄想が過ぎているだけかもしれない。

けれど、ここに来る途中で襲撃されたこと、そして先日誘拐されたことを考え合わせれば、狙いはヴィオラだった可能性もある。年齢より小柄なヴィオラなら、体内に毒が入った時、成人より重症化してもおかしくない。

「だから、君にはこの宮に滞在してもらう。母上と一緒に過ごした方が君も安心だし、母上も、君がいてくれると気持ちが明るくなるようだからな」

「リヒャルト様も、ですよ。リヒャルト様と皇妃様が同じご飯をおいしいねって言いながら食べるのが大事なんだから」

ヴィオラの主張が、彼にはどう受け入れられたのかはわからないが、この宮に滞在することになったのなら、できる限りのことはしたい。

「それと、もうひとつ。君に頼るのはとても申しわけないのだが——食事に怪しいところがあったら、すぐに教えてほしい」

「ああ、私の味覚に期待しているんですね。でも、無味無臭の毒物だったらわかりませんよ?」

どうやらリヒャルトは、ヴィオラの舌に期待しているらしい。

(信頼してもらえるのは、嬉しいけど……)

「係が毒見したあとだから、そこまで心配する必要もないと思う。俺が心配しているのは、本来ありえないものが食材に紛れていることだから」

「それなら、なんとかなるかもしれません。どっちにしても、毒見はしてもらってますもんね」

ヴィオラの食事だって、毎回毒見係がきちんと毒見してから出されている。

ヴィオラが作ったお菓子についても、今はバスケットに詰める前に毒見してもらうが、最初のうちは、皇妃が見ている前で毒見してからだった。

それを嫌だと思ったことはない。

今だって、皇妃のそばにいる侍女が不安そうな目になれば、先にヴィオラが食べて見せることもある。たぶん、ヴィオラが思っている以上に、皇族や王族というのは危険にさらされているということなんだろう。

「今度こそ、守るから」

真剣な顔をしてリヒャルトがこちらを見るから、胸の奥がざわざわとしてしまう。

そんな顔をしなくてもいいのに。

そんな顔をされてしまったら――。

(だめ。これ以上は、だめ)

自分にそう言い聞かせる。

恋をしたところで、絶対に相手にされない。心はともかく、身体は十二歳の少女なのだ。国の規模だって違いすぎる。

いつか、リヒャルトは彼にふさわしい人と結婚するのだ。だから、この気持ちは、これ以上育たないようにしなければ。

「母上を皇妃の座から降ろそうとする動きがあるのだとも思う。だから、豊穣祭をひとまずは無事に乗り切りたいんだ。君の警護も、俺自身の手で対応できればいいのだが……」

「そんなこと、する必要はないんですよ。リヒャルト様は、この国の皇太子なんだから。私のことまで心配しなくていいんです」

もしリヒャルトが助けに来てくれなかったら、あの湖で命を落としていた可能性が高い。だから、これ以上彼の負担になってはいけないと思うのだ。

そう言ったら、彼は難しい表情になった。

「君は、子供なんだからそこまで考えなくていい」

「私は、早く大人になりたいです。そうしたら、私にできることが、もっと増えると思うから」

そう言いながら目を伏せる。

せめて、あと三年早く生まれていればよかった。そうしたら、この気持ちをここまで後ろめたく思わないですんだだろうに。

あと五年――あと五年早く生まれていれば。リヒャルトとは、ちょうどいい年の釣り合いだ。

日本人の感性からしたらちょっと離れているけれど、王族の年齢差として考えれば問題ない範囲に収まっている。

(……なに、考えているのよ)

消そうとしたばかりの恋心は、あっという間により大きくなってくる。

慌てて浮かんだ考えを打ち消した。年齢が釣り合っていたところで、リヒャルトの隣に立てるはずもないのに。

「母上がヴィオラに会いたがっていた。あとで見舞いに行ってもらえないか」

「大丈夫なんですか？」

「もう、毒物の影響はほとんどないからな。明日にはベッドから出られると思う」

「皇妃様の都合のいい時におうかがいしますね」

皇妃には、この宮に滞在させてもらうお礼も言わなければならない。

荷物の整理が終わった頃、皇妃の侍女が迎えに来た。ヴィオラは、彼女に従って向かいの部屋へと入る。

「ごめんなさいね、急に呼びつけることになってしまって」

「ううん、それはいいんです。それより、皇妃様がご無事で安心しました」

「毒見係のおかげだわ。毒物の効果が出るまで少し時間がかかったから気づかなかったけれど……」

「でも、どうして皇妃様に毒なんか」

ヴィオラが問いかけると、アデリナ皇妃はふっとため息をつく。

彼女のそんな表情を見るのは、久しぶりのことだった。どうしても、胸の奥に抱えているものを隠し切れないという、そんな表情。

この人は、これまでどんな人生を送ってきたのだろう。

不意にそんなことを思った。

国を背負い、大国の皇妃になったというプレッシャーがありながらも、皇帝に嫁いだ頃は幸せだったのだろうか。

夫の関心は、彼女に向いたことはなかったと以前言っていた。母国が滅んだ今、皇宮内における彼女の影響力はとても小さい。

それなのに、皇妃という立場だけが彼女を縛り続ける。皇妃の住まいと定められた満月宮から居を移すことも許されず、お飾りの皇妃のまま、皇帝の隣に立つことを強要され続けた。

「私、諦めていたの……ずっと。以前、話したことがあったでしょう? 皇妃として役目を果たしても、どうせ誰も認めてくれないのだからって」

「認めないのは、陛下もですか」

「ええ。私を皇妃の地位にとどめておくのは、特に落ち度がないからよ。病弱とは言われていたけれど、皇妃でなければならない、大切な公務に穴をあけたことはありませんからね。それに、後継ぎを産んだことで、皇妃として最低限の義務も果たしたわ」

けれど、それだけ。最低限の義務を果たした後は、他の妃の陰に埋もれてしまっている。

彼女が唯一他の妃達の上に立っているのは、皇妃という地位につき、〝ヴァルツァー〟の姓を名乗れる存在だということだけ。

「人とも会わず、宮にこもって。だけど、あなたが来てから変わったの」

幼い頃の思い出。

今では、顔もおぼろげになってしまっているけれど、仲良く過ごした親友。

リヒャルトが満月宮に戻る回数が増えた、信頼できる相手がすぐそばにいる。それがどれほど心を慰めたのかを、彼女は語った。

「だからね、自分の立場を考えて、これ以上うつむいていられないとも思ったの。夫の愛は得られなくとも、誰かの信頼は得られるかもしれないでしょう？　それは、私がここに引きこもっていたら叶うはずのないことだから」

そう考えるようになったから、リゾルデ豊穣祭に向けて、積極的に動き始めた。だけどそんな中、毒物が盛られた。

もし、毒物に気づくのが遅れたら、彼女は命を落としていたかもしれない。

「だから、私は戦うことを決めたの。自分や息子や――それから、息子の大切な存在に害を及ぼす相手は許せない」

戦うことを決めた——皇妃は、力強い目をしていた。最初に会った時の、今にも消えてしまいそうな風情は、完全に消え失せている。

「私は、皇妃。私は、この国すべての民の母なんだもの。これ以上、うつむいては、いられないわよね」

ヴィオラは、その力強さに目を奪われるような気がした。

皇妃が、ここまで力強い目をしたのは、初めて見た。

「ごめんなさいね、あなたを縛るつもりはないのだけれど、ひょっとしたらまたあなたに害を及ぼす者が出るかもしれないと思って。あなたを守るためにこちらに来てもらったの」

そして、ヴィオラはヴィオラなりのやり方で皇妃を守るためにここにいる。

(仲間として、認めてもらえたってこと……？)

「あなたが来てくれてからリヒャルトも変わったわ。大切な存在ができると、人って変わるものなのね。……前にも聞いたけれど、リヒャルトのことをどう思う？」

「ど、どうって……？」

真正面から問いかけられて、返事に困ってしまった。皇妃は、ヴィオラにどんな答えを求めているのだろう。

リヒャルトのことは、素敵な男性だとは思うけれど、だからと言って、この先になにかあるとも思えない。

だいたい、リヒャルトにとってのヴィオラは、せいぜい手のかかる妹というところではないだろうか。

「……リヒャルト様は、リヒャルト様です。きっと、リヒャルト様が皇帝になったら、この国はもっと栄えますよね。そうしたら、イローウェン王国にも繁栄がもたらされると思います」

ヴィオラの口をついて出たのは、そんな優等生的な答えでしかなかった。

皇妃は、ヴィオラの手を取った。

先ほどまで発熱していたらしい彼女の手は、ヴィオラの手より少し温かかった。このぬくもりが奪われなかったことに安堵する。

「私は、あなたがリヒャルトを好きになってくれるといいと思っているわ」

「そ、そんなの……いえ、リヒャルト様はすごい人だと思うんですけど」

皇妃が、ヴィオラになにを求めているのか、残念ながらヴィオラにはわからなかった。

けれど、リヒャルトのことを皇妃が大切に想っていることだけは理解した。

「誰にだって、休まるところは必要よ。あなたと一緒にいると、リヒャルトはとてもいい顔をしているもの。あなたに、リヒャルトの友人になってほしいと思うわ」

「リヒャルト様は、友人というより、手のかかる妹みたいに思っていると思います。実際、私……かなり、手をかけてしまっていますよね」

湖に転がり落ちて溺れかけたり、誘拐されたり。

その度に助けに来てくれたのがリヒャルトだった。手のかかる妹以外に、彼がヴィオラをどう思っているのかなんて、想像することもできない。

「もちろん、今すぐにというわけでもないのだけど。好きになってくれたら……嬉しい」

「そ、それはどうかと思うんです……」

皇妃はそう言ってくれたけれど、ヴィオラは、返す言葉を持たなかった。

＊＊＊

皇宮内には必要以上に、皇妃の病状は重いと広められている。

毒物を盛られたなんて言えるはずもないので、皇妃はあくまでも体調不良ということにされているのだ。

「毎年ね、豊穣祭の時は、陛下と食事を共にすることになっているのだけれど、今年は他のお妃様のところに行ってもらおうと思うの。だって、私〝倒れて〟いるんですもの。陛下をお迎えする準備なんてできないでしょう？」

皇妃はもう、皇帝の愛情には期待していない。

豊穣祭の日は、家族で過ごすのだと皇妃は決めたみたいだった。皇妃の言う〝家族〟は、皇妃とリヒャルトのふたり。そして、そこにヴィオラも入れてもらえているらしい。

「私は満月宮の外に出られないから、食材の買い出しとパーティーの準備はあなたにお願いしたいの。あなたが手をかけてくれるのなら安心だものね」

皇妃は病気で倒れたということになっているので、満月宮から出ることはできない。元気に歩き回っているところを誰かに見られたら大変だからだ。

「わかりました！　頑張って準備します！　なにが食べたいですか？」

「そうねぇ……」

顎に手をあてて考え込む皇妃は、本当に豊穣祭の食事を楽しみにしてくれているみたいだ。そして、彼女はにこにこと言い放った。

「あなたにお任せにしていいかしら」

「お任せって……責任重大ですね！」

ヴィオラも笑って返す。少しでも、皇妃が元気になってくれればいい。そして、戦うと決めた皇妃の力になることができたらもっといい。

（……この国で、皇妃様にお仕えするのもいいかも）

不意に、そんなことを思いつく。

皇妃に仕える側仕えの女官としてこの国に残るという選択肢もあるのではないか。いずれ、帝国の役に立つ人材として認められれば、この国で、女官として働くことも許される。そうしたら、国に帰らなくてもすむ。

（……でなかったら、ミナホ国の料理のお店を開いてもいいな。ニイファも一緒に）

純粋な和食ではなく、トンカツやチキンライス、オムレツやハンバーグのような洋食店で出されるようなメニューなら、この国の人達も受け入れやすいのではないかと思う。オムレツはこちらの国にもあるし、ハンバーグに似た料理も存在している。

（もし、この世界でアンジェリカを作ることができたなら）

両親の味を完全に受け継ぐことができたわけではないけれど、基本のレシピはヴィオラの頭の中に入っている。このレシピをもとに研究を重ねて、いつか近づけることができたなら——どこまでも想像は広がっていく。

「……なにを考えているの？」

「なにを作ったらいいかなって。おにぎりもたくさん作って並べて置いたらいいかもしれないですね」

皇妃の前だというのに、自分の考えに沈み込んでしまった。慌てて皇妃に笑顔を向ける。

まずは、自分に任された仕事を一生懸命やることにしよう。

＊　＊　＊

不意にヴィオラの生活は慌ただしいものとなってしまった。

週に四日の授業は、あいかわらず続けられているし、豊穣祭の準備もある。

豊穣祭の当日、満月宮で働いている使用人達になにを出すかを決めなければならない。和食の作り方を厨房の料理人にレクチャーする必要もあるし、和食だけではなく、この国の料理も作らなければ。

満月宮に移動してから二日後。

ヴィオラはリヒャルトに連れられて市場にいた。

比較的動きやすい格好で、お忍びであると気づかれないようにしながら市場を歩く。

豊穣祭が近づいているためか、市場全体が活気づいているように見えた。

「そういえば、今日はセスはいないんですね」

「あいつには捜査を頼んでいる。皇宮も広いからな」

「それで最近見かけなかったんですね」

ヴィオラが満月宮に移動してから、セスの姿を見ていない。リヒャルトの側近だというのにどうしてだろうと思っていたら、捜査に駆り出されているようだ。

セスは、父親のリンデルトがトロネディア王国の出身、母がオストヴァルト帝国の出身ということもあり、いろいろなところに顔が利くらしい。

様々な国から集まった人間が、同じ皇宮で暮らしているという珍しい形態であるがゆえに、セスの顔の広さは、聞き込みをするうえでいろいろと役に立つのだとか。

そんな風に説明してくれたリヒャルトは話題を変えた。

「それで、当日はなにを作るつもりなんだ？　母上がとても楽しみにしていたぞ」

「そうですね、この国ではお祝い事に豚の丸焼きは欠かせませんよね。使用人達にも振る舞えるように、丸焼きは厨房の方にお願いしようと思います」

それから季節の野菜を使った蒸し料理、豆の煮物。キノコのポタージュは、今回はやめておいた方がよさそうだから、芋と栗のポタージュにしようと思う。

「ヴィオラが作ってくれた味噌のスープはどうだ？」

「味噌のスープ、問題ありませんか？　もう少し、こちらの人の食生活に馴染んだものの方が」

「母上が喜ぶ。あれからミナホ国の子供の話を聞いたんだが、母上にとっては子供の頃の一番の思い出だったようだ。だから、ヴィオラに頼むんだ」

「皇妃様が喜んでくれるのなら、そうします。スープは二種類用意しましょう」

咲綾の両親は、祝い事があれば、尾頭つきの鯛を用意することが多かった。

たしかに鯛はおいしいけれど、こちらの国には祝い事の時に鯛を食べる習慣はないだろうし、必要以上の冒険は、やはり避けたいと思ってしまう。

当日は、時間通りに始められるとは限らないから、厨房で温め直せばすぐに食べられる料理の方がいいかもしれない。

煮込みハンバーグとか――あとは、チーズケーキを焼こうか。

生クリームたっぷりのケーキもいいけれど、母のレシピで焼いたチーズケーキを皇妃にも食べてもらいたい。魚のマリネにスープ――リヒャルトは豚汁が希望だけれど、バランスは悪くないだろうか。

「おにぎりも作りましょうか？」

「あの黒い海苔を巻いたものだろう？　母上は好きだが……数を用意するのは大変ではないか？」

「厨房のみんなで握ったら大丈夫だと思います。作り方は難しくないので……でも、海苔を巻いた食べ物は、こちらの人にはおいしそうに見えないかな？　やっぱり、パンも用意しましょう」

（……ビュッフェみたいにするのもありかもね）

アンジェリカでは、時々、店を貸し切りにしていた。

その時には大皿にいろいろな料理を盛り付けて、自分で好きなものを好きなだけ取るようにしていた。

そういうスタイルにするならば、好きなものを好きに取って食べてもらうことができる。

厨房が大変になるだろうから、前日に仕込みをしておいて、当日オーブンで焼けばいいような肉料理も入れておこう。

「おにぎり用の海苔と、お菓子を作るために小豆も買いましょう。あとは……ベーコンがほしいです。ジャガイモと玉ねぎと一緒にバターで炒めて、ローズマリーで香りをつけて」

「それはうまそうだ。楽しみだな」

市場にはたくさんの食材が並んでいて、本当にこの国は豊かだと思う。リヒャルトと一緒にいるからか、心の中までぽかぽかとしてくるみたいだ。

「ヴィオラ、ちょっと待ってくれ」

不意にリヒャルトが足を止めたので、ヴィオラもそれに倣った。

「どうしました？」

「あそこにいる男、厨房の料理人だった者だ。なぜこんなところに」

言うなり、ヴィオラを連れてリヒャルトは男の方へと向かう。ふたりの姿を見た男は、木箱を移動させているところのようだった。

声をかけられた彼は、身を翻して逃げ出しかけるものの、リヒャルトはそれを許さなかった。

「お前、宮廷の料理人だっただろう。なぜ、こんなところにいるんだ？」

腕を捕まれた彼は、観念したかのように足を止める。

「で——殿下、何か御用ですか」

「料理人のお前が、どうしてこんなところで市場の下働きをしているのかと聞いているんだ」

よくよく彼の様子を見てみれば、どう見ても宮廷の料理人ではない。

粗末な衣類に身を包み、大きな樽を動かしたり、荷物を運んでいたりしているところから、市場で肉体労働者として働いているようだ。

「首になったんでございますよ、殿下。ソメカイタケとマッシュルームの区別もつかないような料理人はいらない、と」

吐き捨てるような口調で、彼はそう返事した。

リヒャルトが顔を覚えているくらいだから、厨房の料理人の中でも高い地位だったはずだ。だが、一度失態を犯せばあっさりと切り捨てられる。そういうことなのだろうか。

「俺は、そこまでは言った覚えはないぞ。父上も、下働きからやり直すようにと命じたはずだ」

「いえ、首と言われましたよ。ですが、常に視線を感じていたのでね。首になった方が落ち着きましたよ」

リヒャルトの表情が変わるのをヴィオラは見た。唇をぎゅっと結び、険しい顔になる。

「常に視線を感じていた？」

「俺がなにかしないか観察してたのかもしれませんがね。いつ消されるかとひやひやしてましたよ。だから、こっちの方が気楽です」

（……それって、私もわかる気がする）

国にいた頃、ヴィオラもいつもひやひやしていた。

この料理人も、きっとそう感じるだけのなにかがあったのだろう。

「では、あれからなにか思い出したことはないか？」

「特にありません、殿下」

問われても、元料理人はなにも思い出せないようだ。そんな彼の様子を見ていて、ヴィオラはひらめいた。

ひょっとして、根底から間違っているんじゃないだろうか。

「あの、もしかして。厨房で食材の検査が終わったあと、誰かがソメカイタケを持ち込んだということはありませんか？」

「……やってやれないことはないだろうが」

元料理人は、顎に手を当てて考え込む。

太陽宮の厨房がどのようなものかは知らないけれど、厨房にソメカイタケが持ち込まれたのが調理が終わったあとなのだとしたら、料理人には落ち度がなかったことになる。

「……つまり、料理ができあがったあと、誰かがソメカイタケを意図的に紛れ込ませたと」

「そうは思いませんか？」

以前話した、皇妃を狙ってのことではないかという話。今になってみれば、その方がしっくりくるような気がした。

「あ、でも――」

不意に思い出したように、元料理人は小さく声を上げた。

「あの日、特別にミルクを分けてほしいと、侍女がひとり来てました」

「どこの侍女だ？　ミルクくらいなら、各宮の厨房で温められるだろうに。毎朝、配っているのではなかったか？」

「割り当てのミルクをこぼしてしまったそうですよ。全部だめになるというのは珍しいと思ったんだが……ああ、そうだ。ティアンネ妃が温めたミルクが飲みたいと言っていたそうで。ついでに菓子の棚から焼き菓子も持って行きましたよ」
ティアンネ妃の侍女。彼女は、焼き菓子の保管場所に向かう時に、ポタージュを
作っていた鍋のそばを通ったそうだ。
なんだか、きな臭いにおいがしてならない――というのは、ヴィオラの考えすぎだ
ろうか。けれど、リヒャルトも同じことを考えたみたいだった。
「今のことは口外するな。もしかしたら、お前ははめられたのかもしれない――いや、
身を隠した方がいいかもしれないな。すぐに手配しよう」
リヒャルトは、隠れて護衛にあたっていた騎士に手招きしてこちらに呼び寄せる。
そうして、目の前にいる男をかくまうようにと命じた。
「そ、そんなに危険な状態なんですか……！」
驚いたように彼が言うけれど、リヒャルトは黙ってうなずいただけだった。
どこにかくまうのか、ヴィオラは聞かない方がいい。これは、大人の領域だ。
「ヴィオラ、今の話は黙っていられるな？」
「もちろんです。子供じゃありませんからね！」
見た目は子供だけれど、手を挙げてそう主張しておく。そうしたら、きっとリヒャ
ルトは安心するだろう。

「セスに頼りきりというわけにもいかないし、とりあえず、誰にも知られないようにしてかくまえばいい」

それきり、その件については口を閉じ、ふたりは買い物に戻った。

皇宮に帰る馬車の中、ヴィオラはリヒャルトにたずねてみた。

「ティアンネ妃って、そこまでするような方なんですか？」

「……そうだな、母上に対して憎しみを持っていてもおかしくはないと思う。もともと、俺が生まれたのと同じ年に彼女も出産するはずだったんだ」

以前、セスも同じことを言っていた。そのことを思い出しながら、ヴィオラは考え込む。

「父上の寵愛を考えたら、もし、彼女に息子が生まれていたら、今頃彼女の子供が皇太子になっていたかもしれない。となれば、母上の地位を下げ、ティアンネ妃が皇妃になるということも十分考えられる」

「……そうですか」

この国において、皇妃は他の妃達より頭ひとつ抜きん出た立場に置かれることになる。だからこそ、妃達は互いに足を引っ張り合って、皇妃の地位を目指すのだ。

今、皇妃がその地位にとどまっていられるのは、リヒャルトが皇太子だからというその一点にすぎない。

もし、皇妃やリヒャルトが大きな失敗を犯せば、その段階ですぐにでも皇妃の座から引きずり下ろされてしまうだろう。

「そう、だったんですね……」

ヴィオラがティアンネ妃を近くで見たのは数回しかない。直接言葉を交わしたのは、ティアンネ妃がヴィオラに的外れな文句を言いに来た日だけだ。

だから、皇帝が現在最も寵愛している妃であるということ以外、よくわからない。あとは、トロネディア王国は、イローウェン王国と敵対しているから、彼女の前では弱みを見せない方がいいということくらいだろうか。

「だが、母上を殺めてまで地位を奪おうとしているのならば話は別だ。俺は、その企みを阻止しなくてはならない」

リヒャルトが、厳しい顔になって言う。その彼の横で、ヴィオラは、自分にもなにかできないかと考えずにはいられなかった。

もちろん、皇太子であるリヒャルトが追及すれば、なんらかの影響を与えることはできるのだろうけれど、証拠もないのに言えるはずもない。

元料理人の証言も、〝あの日、ティアンネ妃の侍女が厨房にいた〟というだけでしかないのだから。

確実な証拠を見つけるか、動揺させて自白させるかのどちらかしか、真実を見つけ出す方法はない。

「……そう、ティアンネ様が」

宮に戻ったリヒャルトの話を聞き、皇妃は眉をひそめた。ティアンネ妃に対し、いろいろと思うところがあるのだろう。

「そうね、リヒャルトが無事に生まれた時――あの方は、私のことを気に入らないと言っていたようにも思うけれど」

ティアンネ妃は、もう四十代半ばを過ぎている。いくら皇帝の寵愛を受けているとはいえ、今から子供を授かるのは難しい。

妃の中で、ティアンネ妃だけが子供に恵まれなかった。

彼女を支えているのは、自分の国を背景にした影響力と、皇帝の寵愛を一番受けているのは自分だという自負心だけ。

「私が、毒を盛ったのではないかと言われたこともあったわね」

「……そんなことまで？」

「ええ。お腹の子供がいなくなれば、ティアンネ様が私の座を脅かすことはできなくなるから」

子供に聞かせるには、あまりにも刺激の強い話だと思った。しかし、この話は最後まで聞かなければならない、そんな気がした。

「——陛下は、なんと？」

「なにも。最初から、私には興味がなかったのでしょう」

「……皇帝陛下って冷たい人なんですね」

アデリナ皇妃の前で、ついうっかり、そんな本音がこぼれ出てしまった。アデリナ皇妃はくすくすと笑った。

「陛下は冷たいというわけでもないと思うの。あの方の心を占めているのは、もういない女性だけ。今、一番お気に入りの立場にあるのはティアンネ様だけれど……それだって、いつ変わるかわからない希薄なものだわ」

そういえば、皇帝には若い頃、深く愛した女性がいたと皇妃が教えてくれた。若くして亡くなったその女性を今でも忘れられないのだと聞いたことがある。

そんな皇帝にとって、五人もいるお妃は、みんな同じに見えているのだろうか。そばに置いている頻度が最も高いティアンネ妃でさえも、彼の心を掴み切れていないとは。

「陛下は、唯一愛した女性以外には冷たい人。そして、国内の貴族達に自分の地位を脅かされることを恐れている。陛下の妃が、全員外国から嫁いできた女性なのはそのためもあるのでしょうね。もちろん、周辺諸国との政略的なつながりも求めているのでしょうけれど」

皇帝は、自分の妃達のことをどう思っているのだろうか。ヴィオラには、それを正面から問いただすことはできなかったけれど、皇妃はヴィオラの前では深い話をしても大丈夫だと思ったようだった。

「私、思うのよ。陛下がみんなに無関心だからこそ、私が今の地位にあるのではないかって」

皇妃の国は、とっくの昔に滅んでしまっている。だからこそ、ティアンネ妃は、皇妃の地位を奪えると思ったのだろう。

――だけど。

どの妃に対しても必要以上の関心を持たないからこそ、ティアンネ妃を強引に皇妃の座につけようという愛情までは持てなかった。

もし皇帝が、ティアンネ妃の願いならなんでも叶えてやろうという強い気持ちを持っていたならば、リヒャルトを皇太子としたまま、アデリナ皇妃を皇妃から降格させることだってできた。

皇帝こそが、この国一番の輝きを持つ人間なのだから。

「……母上、もうしばらくの間、病気でいてもらえませんか。次の儀式は、ティアンネ妃に代役を務めてもらうことにしましょう」

「……それで、ティアンネ様を喜ばせるの？」

「いえ、そういうわけでもないのですが」

皇妃が不満顔になったので、リヒャルトは苦笑する。

（この顔は、なにか考えているのではないかしら）

「リヒャルト様、なにを考えているんですか？」

ヴィオラが問いかけると、リヒャルトは驚いたように顔を上げた。

「なにを考えているかって？　ヴィオラには敵わないな。言い逃れできない場所で、証人と証拠をティアンネ妃に突きつけるのが一番早いんだろうなと考えていたんだ」

「……そのために、皇妃様を病気ということにするんですか？」

「ティアンネ妃が、一番強く望んでいることはなんだと思う？」

ヴィオラは首をかしげる。

「母上の代わりに、豊穣祭当日に儀式を務めることだ。豊穣祭当日の祈りは、皇妃として一番大切な役目だからな。皇妃に少しでも近づきたいと――彼女がそう思っているのなら、つけ込む隙はあるだろう？」

豊穣祭当日、皇帝が牛肉を、皇妃が麦の穂を大地の女神リゾルデに捧げる儀式が行われる。これは、皇帝と皇妃の公務の中でも、最も重要視されるものだ。

というのも、この国の豊かさは、リゾルデの恩恵とされているからだ。

「……つまり、隙を作るということね」

「先日、母上が倒れた時にも見慣れぬ娘が来ていたという話でしょう。その娘も掴まえなければなりません」

「……では、セスに頼む？」

「いえ、やめておきましょう。彼の父親は、ティアンネ妃の忠臣です。セスにその気がなくとも、こちらの動きを知られる可能性があります」

「セスの忠誠心は疑わなくてもいいと思うけれど……」

ティアンネ妃が輿入れしてきた時、リンデルトはティアンネ妃の護衛としてついてきたと。その後、恋仲となった娘の父親であるオストヴァルト帝国の貴族に認められ、是非に娘の夫になってくれと縁談をもちかけられたというのは以前聞かされた。

その時に母国から皇帝の近衛騎士団に所属を移し、以来、ティアンネ妃を守る形でオストヴァルト帝国に忠誠を誓ってきたわけではあるけれど。

「セスを信用していないわけではないのです。ただ、彼の動きはティアンネ妃も注視していると思うので……」

リンデルトの息子となれば、ティアンネ妃もセスを利用しようとするかもしれない。そうなったら、セスの立場は非常に苦しいものになる。

「セスは、俺にとてもよく仕えてくれていますからね。彼を苦しめるようなことはしたくないんですよ」

どれほどセスがリヒャルトに忠誠を誓っているのか、間近で見る機会に恵まれていたから、リヒャルトの言葉にはヴィオラも納得できるような気がした。

「しかたがないわ。それなら、私は病気になりましょう。それとも、毒物を盛られたのだと宣伝してみる？」

「それも捨てがたいですね。では、そうしましょうか」

にこにこと話をしているけれど、このふたりを怒らせたらまずい気がしてならない。

（というか、私が十二歳なこと、完全に忘れてるんじゃ……？）

そんな疑問さえ浮かんでくる。

そして、リヒャルトと皇妃の計画は即座に実行された。

皇妃やリヒャルトは隠したがっていることを強調しながらも、今まで伏せていた毒物を盛られたという噂を、皇宮中にばらまく。あくまでも、慎重に、噂の出処が満月宮であることは悟られないようにして。

皇妃が、以前のように床に伏したまま起きられなくなったということも、皇宮内のあちこちでささやかれ、いつの間にか、豊穣祭当日は、ティアンネ妃が皇妃の代役を務めるということが決定事項かのように広まっていた。

第七章　リゾルデ豊穣祭、暴かれた罪

いよいよやってきたリゾルデ豊穣祭の当日。

ヴィオラは朝から厨房で忙しくしていた。今日は、厨房の料理人達に指示を出す役を与えられている。

ローストビーフはひと晩置いた方がおいしいので、昨日のうちに仕込んである。豚と五羽の鶏は丸焼きにする準備が終わっていて、あとは頃合いを見計らって焼き始めるだけ。

チーズケーキとフルーツケーキも昨晩のうちに焼き上げ、今は冷暗所で寝かせているところだ。日持ちのするクッキーも昨日焼いた。

朝から厨房にはスープを煮込む香りや、肉を焼く香りが漂っていて、あまりの忙しさに、時には怒声が飛び交うほどだった。

「……私はもう行くね。ハンバーグは、夕方になってから作り始めてね」

「かしこまりました、姫様」

その他にもたくさんの料理が用意されている。今日は宮の一番広い部屋を、使用人達にご馳走を振る舞うパーティー会場として開放する予定だ。リヒャルトとヴィオラもそこでのパーティーに参加することになっている。

皇妃は今のところ欠席予定だ。正確には、欠席の予定ということになっている――豊穣祭に参加できないのだから、パーティーに参加できるはずもない。

とはいえ、飛び入りでひとりやふたり増えたところで問題はない。大皿に盛りつけて、好きなだけ取る形式だから、ご馳走は多めに用意してある。

この日は国中をあげてのお祝いだ。宴会の仕込みをしなければならない料理人や、今日の当番にあたってしまったかわいそうな侍女達もいるけれど、できるだけ早く仕事を終わらせて宴会に参加できるように、皇妃も気を配っている。

「ニイファも参加するでしょ？」

「私は、ヴィオラ様のおそばにおります。宴会のお食事は、あとでつまむので大丈夫ですよ」

ヴィオラには侍女がひとりしかついていないので、全部ニイファに任せることになってしまう。それを申しわけなく思ったけれど、今から人を手配しても間に合うはずがなかった。

「ごめんね、ニイファ。来年までにもっと自分でいろいろできるようにするから」

「そんなこと気にしないでくださいな。さあ、ヴィオラ様。行きましょう。私がそばにいますから大丈夫ですよ」

ニイファが気を配ってくれる。

もし、ティアンネ妃がすべての陰謀に関わっていたならば、彼女が犯人であるとあぶり出すには絶好の機会。

今日のために皇妃が新しく仕立ててくれたドレスは、葡萄色のひと揃いだ。首元には白いレースの襟がついていて、その中央には、黒いベルベットのリボンがあしらわれている。さらにそのリボンの結び目には白いカメオのブローチが飾られていた。

このブローチは母の形見だ。カメオに彫られているのは、女神リゾルデの横顔。繁栄を表す牛の姿と麦の穂が一緒に彫り込まれている。

スカートはふわふわだし、髪にはスカートと同じ布で作った髪飾りをつけている。ヴィオラとしては、今日の格好は大満足だ。

髪もいつも以上にふわふわになるようにコテで巻いてもらったので、それも気に入っている。

「リヒャルト様、私、どうですか？」

「ああ、可愛いな。これは俺からのプレゼントだ」

「わあ！」

リヒャルトがヴィオラに贈ってくれたのは、一人前の淑女が身に着けるような白いレースの手袋だった。

一瞬とまどったけれど、ヴィオラはすぐに嬉しくなり、彼の前でぴょんぴょんと跳ねてしまう。

「とっても嬉しいです、リヒャルト様！　ありがとうございます！　でも……もらってしまっていいんですか？」

「今日の準備を頑張ってくれたお礼だから気にするな。子供が好みそうなものがわからなくて、出入り商人に相談したんだが、気に入ってくれたならよかった」

子供、とリヒャルトが口にする度にいたたまれない気持ちになる。この国では十五歳以上が成人とされている。ヴィオラの祖国もそうだ。

前世の分を加味すれば、精神的には成人していると言ってもいいのかもしれないけれど、結局のところ、外見の年齢ですべてを判断されてしまう。

（だって、転生してきたなんて、誰に言っても信じてもらえないだろうし……）

ちょっぴり落ち込んだヴィオラに素早く気がついたのは、リヒャルトの側近であるセスだ。このところ、セスはあちこちに使いに出ていて、ヴィオラは彼と顔を合わせることはほとんどなかった。

「よくお似合いですよ、ヴィオラ様」

セスはヴィオラの手を取り、一人前の淑女にするみたいに、手の甲にキスしてくれる。

「ヴィオラ様は子供ではありませんよ。年齢のわりに大人びたところをお持ちです」

ニイファも間に入ってくれたけれど、リヒャルトは表情を緩めただけだった。

「でも今そこでぴょんぴょんしていたぞ。あんな風に跳ねて回るのは子供だろう」

(……それは、うっかりだもの)

ヴィオラは心の中で弁解した。

つい、うっかり、感情のまま行動してしまった。一人前の女性ならば、こんなところで跳ねないことくらい、ヴィオラだってちゃんとわかっている。

身体の年齢と、心の年齢がいまひとつ釣り合っていない。

きっと、すぐに追いつくことになるのだろうけれど。前世が十八歳、今世が十二歳だからって、精神年齢が三十歳になるわけではないのだ。

「――リヒャルト、ヴィオラ。私、おかしくないかしら」

その声とともに姿を現したのは、アデリナ皇妃だった。今日は、皇妃の正装を身に着けている。ゆったりとした白いドレスは、縁が金で彩られていた。

胸元は大きく開き、腰はきゅっと締め上げられている。ゆったりとした振袖状の長い袖は、皇妃の動きに合わせて優雅に揺れる。

肩に羽織っているのは、毛皮のケープ。そのケープをダイヤモンドやルビー、サファイアといった宝石のついた大きなブローチで留めていて、その輝きに、彼女自身の持つ輝きも負けてはいなかった。

「とてもお綺麗です！」

「ヴィオラが褒めてくれるのなら、悪い気はしないわね」

素直なヴィオラの賞賛の言葉は、皇妃の気分を高めたらしい。にっこりとして、彼女はリヒャルトに向けて手を差し出した。

「――母上」

そう呼びかけたリヒャルトは、それきり言葉に詰まってしまったみたいだった。

ゆっくりと口角を上げて微笑んだ彼は、差し出された皇妃の手を取り、ヴィオラの方へと振り返る。

「――ありがとう、ヴィオラ」

「私はなにもしていませんけど」

「君のおかげだ。どれだけ感謝しても足りないよ」

ヴィオラは特別なことをしたわけではないけれど……そう言ってもらえるのなら光栄だ。

「それに、今日のヴィオラはとても可愛い。そうだな……葡萄のお姫様だ」

「葡萄って！」

それって褒めたことになるんだろうか。けれど、皇妃もリヒャルトも幸せそうだから、そんなことはどうでもよくなってしまった。

（……これからきっと大きな事件が起こるから）

ティアンネ妃も、今頃儀式の準備をしているだろう。そんな中に皇妃が出ていくのだ。ティアンネ妃がぼろを出してくれることを期待するしかない。

「──では、母上。まいりましょうか」

「年を取るのも悪くはないわね。息子の手を借りることができるんだもの」

重なり合った皇妃の手とリヒャルトの手。そこに流れているであろう感情が、ヴィオラの胸を熱くする。

ゆっくりと宮を出ていくふたりの姿を、ヴィオラはそっと見送った。

それからあとを追うようにして、ヴィオラも神殿にある皇族達の控室に向かう。ここで、ヴィオラには大切な役目が与えられているのだ。

「ニイファ、準備はできてる？」

「はい、ヴィオラ様。これをお持ちください」

トレイの上に載せられているのは、井戸からくみ上げたばかりの冷たい水が入った硝子の水差し。それと、グラスがいくつか載っている。

透明なそれは、窓から入ってくる日の光を反射してきらりと輝いた。トレイを捧げ持つようにして、ヴィオラは皇族の控室へと入る。

「お水をお持ちしました」

儀式の前には、水以外のものを口にすることは許されないので、新鮮な水を皇族達に配る。その役をヴィオラが与えられたのには理由があった。

ヴィオラが水を持って入ると、そこには皇帝、皇妃、そして皇妃と似た正装を身に着けたティアンネ妃がいた。

ヴィオラの入室に気づいた皇妃が、こちらに向かって目元を柔らかくして微笑みかけてくれる。リヒャルトに頼まれ、もうひとつの目的を果たすのと同時に、皇妃の様子を見るためにここに来たけれど、さほど心配する必要はなさそうだ。

「皇妃陛下はご病気だとうかがっていたのですが……出席できるのですか」

「ええ……体力が回復する自信がなかったのです。でも、息子のおかげで思っていたよりずっと早く回復することができましたわ」

苛立ちを見せて問いかけるティアンネ妃に対し、皇妃は余裕の表情だ。ティアンネ妃が、悔しそうにくっと喉の奥で唸った。

ティアンネ妃が口を開こうとした時、その場の空気を変えたのは皇帝だった。

「皇妃が儀式を執り行えるというのであれば、皇妃にやってもらうのがいいだろう。帝国の母でもあるのだからな」

「──はい、陛下」

皇妃はともかくとして、どうやらこの部屋にいる人達は、ヴィオラのことなど目に入っていないらしい。

ヴィオラは、自分の持ったトレイを手近なテーブルにそっと置き、なに食わぬ顔でその場に残った。

「お水をいただけるかしら？　緊張しているみたいで、喉が渇いてきたわ」

ヴィオラに向かい、皇妃がそう命じる。丁寧に一礼したヴィオラは、グラスに水を注ぐ。今、この部屋にいるのは三人だから三つのグラスを用意し、まずは皇帝に運ぶ。

「もらっておこうか」

皇帝がグラスを取り上げるのを見て、今度は皇妃の方へと向かった。それから、ティアンネ妃に背を向けるようにして皇妃にグラスを渡す。

皇妃がヴィオラの目を見つめて、唇に弧を描かせながらグラスを手に取った。そして、ヴィオラは最後にティアンネ妃の方にグラスを運んでいく。

「ティアンネ妃殿下、お水はいかがですか?」

今の会話はなにひとつ聞いていませんという顔をして、ティアンネ妃にグラスを渡す。そして、受けとったティアンネ妃の方も、ヴィオラには見向きもせずにそのグラスを口に運んだ。

冷たい水は、彼女の喉を潤すのにちょうどよかったらしい。ひと息にグラスをあけた彼女は、空になったグラスをトレイの上へと戻した。

「では、行こうか。ティアンネ、今日までのそなたの厚意には礼を言う。あとで褒美を取らせよう」

「とんでもございません、陛下。リゾルデ豊穣祭を滞りなく行うのが、なにより大切ですもの」

ティアンネ妃はうやうやしく頭を下げ、皇帝と皇妃を見送る。

皇帝と皇妃が遠くに行くのを待って、ティアンネ妃は荒い足音を立てながら部屋の外に出て行った。

ヴィオラはそのあとを追った。ひょっとしたら、彼女が自分の心情をどこかで明らかにするのではないかと思ったのだ。

どすどすと廊下を歩いていったティアンネ妃は、神殿の奥にある部屋へと入った。

「リンデルト！　どういうことなの、あの女が儀式に出るって。参加できないように手を打ってくれたのではなかったの？」

「──ティアンネ様、お声が高い。たしかに、皇妃は寝込んでいたと、息子から聞いておりました」

「だったらなぜ！」

ティアンネ妃の入った部屋では、リンデルトが待っていたらしい。扉越しに、そんな会話が聞こえてくる。

（……リンデルトの息子っていうことは……セス、よね……？）

皇妃が毒で倒れていたという話は、セスも聞いていたはずだ。だが、それは仮病に限りなく近いと、セスは聞いていなかったのだろうか。

（私だけに知らされているっていうのも、変な気がするんだけど……）

リヒャルトがヴィオラを皇妃のそばに置きたがったのは、ヴィオラの持つ絶対的な味覚を求めてのこと。毒見をすり抜けてなにかが起きることを恐れていた。

「……手は、打ちます。ですから、今のところはきちんと儀式に参加しましょう。妃としての行動はとらなければ」

「え、ええ……そうね……」

リンデルトが、ティアンネ妃をなだめている声が聞こえてくる。ヴィオラはすっとその場を離れた。

やはり、ティアンネ妃が関わっていたということなのだろう。そして、リンデルトも。

(それなら、セスはどうなんだろう……)

リンデルトが関わっていたというのであれば、セスが関わっていてもおかしくない。それ以上探り出すことは無理そうだったので、おとなしく儀式に参加することにした。

儀式の会場は、数百人は入れそうな広い広間だ。

端の方に席を取ったヴィオラは、儀式が始まると他の人達と一緒に頭を垂れた。そうしながら、ちらりと目線を上げると、遠くの方にリヒャルトの姿が見えた。

ティアンネ妃をはじめ、皇帝の妃達、それにその子供達。他の人達とは違う、一段高くなったところにいるからよく見えるのだ。

彼との距離が、自分との身分の違いみたいに思えてならない。やっぱり遠い人なのだと突きつけられたみたいで胸が痛くなる。

けれど、今は祈りに集中しなくては。

懸命に祈りの言葉を繰り返しているうちに、ぎぎっと音を立てて神殿の広間が開かれる。奥の扉から出てきたのは、皇帝とアデリナ皇妃だった。

「どうして、皇妃陛下が……」

「二妃殿下が儀式を執り行うのではなかったの？」

ひそひそと、参列者達がささやき合う。

皇妃は、今日まで体調不良ということになっていたのだ。その皇妃がこの場にいるのだから、みんなが動揺するのもうなずける。

（とても、綺麗……）

皇帝の隣に堂々と立っているアデリナ皇妃を見て、ヴィオラは素直にそう思った。

容姿の美しさだけではなく、自分が務めを果たすと決意したその姿勢が美しい。

白地に金で縁取りをした正装を着こなしている。そこには、二十年以上皇妃の座にある女性にふさわしい、貫禄が感じられた。

「……では、まいろうか」

「はい、陛下」

儀式が終わり、皇帝がアデリナ皇妃に腕を差し出す。皇帝と皇妃を先頭に、妃達、他の皇族達と続いて退出していく。

皇族が神殿から出るのを見送って、ヴィオラはため息をついた。

(帰ってご馳走の準備をしなくちゃ)

数日前から仕込みを続けていた料理は、満月宮で働いている人全員に振る舞われることになっている。

ビュッフェ形式にしたので、温かい料理は温かく、冷たい料理は冷たく提供されるかきちんと確認しなくてはならない。

煮込みハンバーグは、厨房の料理人達に任せておいて大丈夫。

あとは、大きなフライパンで半月型に閉じずに、丸く焼くオムレツ。トマトソースを別添えにしたから、ソースがちゃんと出されているかもチェックしないといけない。

忙しく考えを巡らせながら、満月宮に戻ろうとしたヴィオラを呼び止めたのは、セスだった。

「ヴィオラ様、リヒャルト様がお呼びです。こちらに来ていただけますか？」

「え？　でも……」

「料理のことは気にするな、と。リヒャルト様から、料理人に使いを出しておいでした」

ヴィオラが料理を気にしていることを、リヒャルトはちゃんとわかってくれていたらしい。

セスの案内で、皇帝が日頃政務を行う太陽宮に移動すると、そこに待っていたのは皇帝一族だった。

「どうして、この子供がここにいるのかしら？」

「私が呼びました、ティアンネ二妃」

「あら、そう、なの……」

リヒャルトが自分のことを〝私〟と言うのは初めて聞いた。それに、ティアンネ妃のことを、序列をつけて二妃と呼んだ。

そのことが、これから起こる出来事が、重大なことだと伝えてくるようだ。今までリヒャルトが、明確にティアンネ妃を皇妃の下に置いたことはなかった。

皇帝と皇妃は儀式の衣装のままでそこにいた。ヴィオラは、彼らに向かって深々と頭を下げた。

皇帝の合図があるまで、ヴィオラは頭を上げることができない。

「頭を上げよ。その娘、どこかで見た顔だな。リヒャルトよ」

皇帝は、顔を上げたヴィオラに見覚えがあるようだった。皇帝と直接顔を合わせたのは、あの晩餐会と、離れた場所から声をかけられたピクニックの時だけ。

あの時、ヴィオラのことをきちんと覚えていたというのだろうか。

「ヴィオラ、こちらへ」

ヴィオラは緊張した面持ちで、手招きしているリヒャルトの方へと向かう。

「リヒャルト様、これは……？」

小声で問いかけるけれど、リヒャルトは答えてくるつもりはなさそうだった。

ただ、ヴィオラの肩に手を置き、力づけようとしてくれているみたいに、その手に力がこもる。

不安に揺れるまなざしで、ヴィオラは周囲を見回した。

ティアンネ妃以下、皇帝の妃全員。それと、皇子、皇女のうち成人した者が集められているようだ。

「――父上。晩餐会で、食事に毒キノコが紛れ込んでいたことに気づいたのが、ここにいるヴィオラ姫。イローウェン王国の王女です」

「ああ、それで見覚えがあったのだな」

皇帝はヴィオラにまっすぐ視線を向けた。

彼のその表情は、長年、この大国を治めてきた人間だけが持つ威厳に満ちていた。まるで、ヴィオラの嘘をすべて見抜こうとしているような。

（……私は、嘘はついていない）

やましいことなんてなにもない。まっすぐに彼の視線を見つめ返す。毅然として見えるように、背筋をピンと伸ばした。

「そもそも、ことの発端はティアンネ妃にあります。今年、彼女には焦らなければならない理由があった」

リヒャルトはヴィオラを引き寄せ、背後からその両肩に手をかける。リヒャルトがこの先、なにを言おうとしているのかはわからなかったけれど、彼の手がそこにあるというだけで、安堵していいと思えた。

リヒャルトのそばにいれば、なにひとつ怖いことはない。意図して深い呼吸を繰り返す。

「その理由とは？　ティアンネが余の妃となってすでに二十年以上経っている。今さら、焦る必要もないだろう」

「イローウェン王国との戦ですよ、父上。国境を争い、ティアンネ妃の母国であるトロネディア王国とイローウェン王国の間に戦が起こった。父上が間に入り、双方の賠償もすでに終わっている。そうですよね？」

「ああ、そうだ」

具体的に戦がどう決着したのか、ヴィオラは聞かされていない。子供に聞かせてもしかたがないということなのだろうと解釈している。

「トロネディア王国は、父上の決断に不満があった。そして、その不満の矛先が向いたのがティアンネ妃です」

ティアンネ妃が嫁ぐ時、国元から望まれたのはオストヴァルト皇帝の後継者となる男児を産み、トロネディア王家の血を入れることであった。

けれど、現在五人いる皇帝の妃のうち、子供がいないのはティアンネ妃だけ。長年連れ添った妃達の中で、今は皇帝の一番のお気に入りではあるけれど、それもいつまで続くことか。

「多かれ少なかれ、この国に嫁いでくる女性達は、そのような目的を持っているでしょう。母上だってそうだ――ウルミナ王国はなくなってしまいましたが」

リヒャルトの目が、皇妃に向かう。皇妃は、リヒャルトの視線をしっかりと受け止め、この場を支配しているのは自分自身だとでもいうように、優雅に微笑んだ。

そして、ヴィオラの目線は皇妃から離れることはなかった。先日までの弱々しい姿はどこにも見えない。

後ろ盾がなくとも、自分ひとりで立っていられるという自信が溢れているようだ。

「そして、母上が私を身ごもったのと同じ頃、ティアンネ妃も身ごもったと聞いています」

だが、無事に出産することができたのはアデリナ皇妃だけだった。そして、彼女は母国が滅亡したあとも皇妃の座から降ろされることはなく、皇太子の母として、この世を謳歌しているようにティアンネ妃には映っていたのだろう。

いくらティアンネ妃の影響力が大きいとはいえ、公式に〝皇妃〟として後世に名が残るのは皇妃の方だ。

「そして、病気がちで公務に出られないことが多々あったにもかかわらず、父上は母上を皇妃の座から降ろそうとはしなかった。なぜ、そうしなかったのですか？」

「皇太子の母親だからだ。それに、公務に出られないことが多いとはいえ、その役は他の妃が果たせば済むことだ。皇妃の座から降ろすほどの罪を犯したわけでもないのだからな」

「それが理由です。国元から、釘を刺されたのでしょうね。後継者を望めないのであれば、もっと母国に利益をもたらすように取り計らえと。そのためには、まずはティアンネ妃が皇妃の座につく必要があった」

妃となっても、母国とのやりとりまで禁じられているわけではない。

ティアンネ妃は母国の援助を受け、改めて皇妃となるための陰謀を巡らせ始めた。

そのうちのひとつが、あの毒キノコ事件だ。

「まずは、この国最大の祭事であるリゾルデ豊穣祭に母上が出席できないようにした。そのために、前から準備を進めていたのでしょう?」

皇帝以外の全員を巻き込むことに決め、考えた策は、キノコのポタージュにソメカイタケを紛れ込ませることだった。ソメカイタケの毒性はさほど強くなく、吐き気、嘔吐、発熱くらいで済む。

もちろん、死者が出ないとも言い切れないけれど、それ以上に皇妃を公務から外す方が先決問題だった。

それに、あの晩餐会のメニューを決めたのは皇妃だったから、死者が出たとしても皇妃に責任をなすりつけることもできる。

もちろん、キノコのポタージュを好まない皇帝には別の料理が出されることも計算してのこと。晩餐会のメニューを、厨房の料理人達から聞き出すのは難しいことではない。

さらには、体力の弱っている皇妃であれば、ソメカイタケの影響を他の人達よりさらに強く受けるのではないかという期待もあった。

「――おそらく、医師の助手を抱き込んで、その後、治療と称してソメカイタケの毒とよく似た作用を持つ毒物を投与して徐々に弱らせる予定ではなかったかと思います。そうすれば、怪しまれないで済むから」

皇妃が公務を欠席する理由は、あくまでも、病気でなければならない。

自分が決めたメニューで体調を崩したのであれば、それはアデリナ皇妃の落ち度となりうる。

「そうでしょう、ティアンネ妃？」

「な、なんのことかしら。それに、あのポタージュは、皇妃は飲まなかったじゃないの」

「それは、ここにいるヴィオラのおかげであって偶然の結果でしょう。食欲がなくとも、スープは完食することが多いから、ヴィオラがいなかったら母上も被害に遭っていたはずだ。父上、ヴィオラの持つ特別な力のことは？」

「……なんのことだったかな」

どうやら、皇帝はヴィオラの持つ特技については覚えていなかったようだ。

だから、皇帝が首をひねって考え込んでいる間に、リヒャルトはさらりと正解を口にしてしまった。

「ヴィオラは、とても繊細な舌を持っているのですよ。ひと口、口にすれば、材料になにが使われているのかを判断できるほどに」

ソメカイタケが持つ、本当にわずかな刺激。その刺激でさえも、ヴィオラは敏感に感じ取った。

「ヴィオラの言葉により、計画は失敗してしまった。母上がソメカイタケで体調を崩していなければ、医者も呼びませんしね。病弱――とは言われてますが、日常的に薬を必要とするようなものではない」

もうひとつ、ティアンネ妃が計算できなかったのは、リヒャルトとヴィオラ、ふたりの接近とその結果による皇妃の回復だった。

ヴィオラが、皇妃が懐かしく思う味を再現し、お茶会やピクニックに連れ出したことによって、皇妃は少しずつ健康を取り戻してきた。

そこで、ヴィオラの排除を図ったのだが、それにもまた失敗してしまう。

イローウェン王国風の衣服を着せたのは、ヴィオラが消えた落ち度をイローウェン王国にかぶせるため。そうすれば、帝国のイローウェン王国に対する心情を悪化させることができて、一石二鳥というわけだ。

けれど、すぐにリヒャルトに助け出されたヴィオラは、自分をさらった者達はイローウェン王国の者達ではなかったと証言した。

だから、ティアンネ妃の計画はずっと崩れっぱなしだったのだ。イローウェン王国との戦を理由に、この国に来るよう求めたヴィオラの存在のせいで。

「……だから、今度はもっと直接的な手段をとることにしたのだろう。母上を暗殺するのは、さすがに気が咎めていたようだが」

皇妃を暗殺したとなれば、追及は病気よりも何倍も厳しくなる。だが、国元からティアンネ妃をせっつく声はますます大きくなっていて、なりふりかまわずにはいられなくなっていた。

なにより――ティアンネ妃自身が皇妃の座につくことに執着していた。彼女が、この国の頂点に立ったという、明確な証になるから。

「……だから、今日まで母上には毒物の作用ということにして床に伏せてもらうことにした。おかげで、いろいろと探ることができた」

「……ティアンネ、申し開きは？」

「そんなの、ただの偶然でしょう？　私が毒を盛ったという証拠がどこにあるの」

かっとなった様子で、ティアンネ妃が叫ぶ。

その剣幕は、ヴィオラが思わず一歩後退してしまうほどだった。踵がリヒャルトのつま先にぶつかり、肩にかけられた手に力がこもる。

「大丈夫。安心していい」

リヒャルトがそう言ってくれたから、なにも怖くない。大きく息をついて、落ち着きを取り戻そうとする。

（……そうよ、リヒャルト様がついていてくれるんだから）

この世界にひとり放り出され、前世との記憶の乖離に悩んだこともあった。

前世の家族を懐かしく思うこともあった。そんな中、命がけでヴィオラを救ってくれたこの人と一緒ならば、強くなることができると。

「……証人なら、この場にすぐに連れてくることができる」

「証人？　そんな者、どこにいるというの？」

「ここに、連れてきてある。入ってきてくれ」

リヒャルトが隣室に声をかける。隣室に続く扉が開かれ、そこから入ってきた者にヴィオラは見覚えがあった。男がひとり、女がひとり。

男は、市場で見かけた元宮廷料理人だ。女は、侍女としてこの皇宮で働いていた者かもしれない。なんとなく、見覚えがある。

「こちらの男は、元、厨房の料理人です。彼は、ソメカイタケを使って料理をしたと解雇されました。本来なら処刑されるところを、首で勘弁してやるだけありがたいと思えと言われたうえで」

皇帝の命令とは違う形で男が解雇されてしまったのは、誰か——おそらくティアンネ妃の手の者——のしわざだろう。

処刑されなかったとはいえ、ソメカイタケとマッシュルームを間違えるような料理人など、どこも雇いたがらない。仕事が見つからなかった彼は、市場で力仕事に従事するしかなかった。

だが、彼は覚えていた。その日に限り、ティアンネ妃の侍女が厨房にやってきていたことを。

「ソメカイタケそのものを持ち込まなくとも、ソメカイタケから抽出した液体を鍋に入れるだけなら難しくないだろう」

最終的に料理人が味見をするにしても、ひと口程度であれば気づかない可能性が高い。調理場では、百人近くの料理を一度に作っていてざわついていたから、隙をうかがって瓶の中身を鍋に入れることも難しくはなかったはずだ。

中毒症状が出るまでには時間がかかるから、厨房に人気《ひとけ》がなくなるのを見計らってキノコを入れ替えることもできる。

「その役を負ったのが、隣の女。それから、先日母上に毒物を盛ったのも彼女でしょう。父上も見覚えはありませんか？」

そう言われ、皇帝は女の方に目をやった。じっと目をこらし、目の前にいる相手をどこで見かけたのか、思い出そうとしているようだ。

「──ティアンネの宮で見たことがあったような気がする」

「その通りです。彼女は、ティアンネ妃の侍女でした。彼女が戻らなくて、心配したのでは？」

後半はティアンネ妃に問いかけたものだったけれど、ティアンネ妃は唇を引き結んだまま答えようとはしなかった。

侍女は、数日前に捕らえたのだという。彼女の身元についても、今日までの間にしっかりと確認したとリヒャルトは続けた。

「そんなの、その女が勝手にしただけではないの。私が命じたという証拠はどこにもないわ」

「そ、そんな……ひどい！　私にソメカイタケの毒素を抽出するよう命じたのは、ティアンネ様ではありませんか！」

侍女が声を上げた。

「私は命じてないわ！　そなたが勝手にやったことでしょう。ねえ、陛下——国元から、皇妃の座を求められていたことは否定しませんわ。でも、皇妃陛下を暗殺なんて——皇妃を暗殺するなんて、そのような恐ろしいこと、私にできるはずもありません」

嘘つき、となじる女を連れ出すようにリヒャルトが命じる。厨房の元料理人にも下がるように命じた。

「父上、ティアンネ妃の罪については、この場で結論を出さずともよいでしょう。自分の部下である侍女の監督不行き届きというだけでも、彼女を謹慎させる理由になります」

リヒャルトのその言葉に、皇帝はホッとした様子で息をついた。

「そうだな、リヒャルトの言う通りである――ティアンネは、自分の宮で謹慎するように。あとのことは、追って沙汰を出すとしよう」

皇帝の命令は絶対で、ティアンネ妃も逆らうことはできない。彼女としては不満もたくさんあるだろうが、皇帝に逆らうのは得策ではないことくらい、彼女もわかっている。

「――濡れ衣が晴れることを期待しております、陛下」

深々と一礼したティアンネ妃は、それでも持ち前の優雅な動きを崩さずに部屋を出て行こうとする。そこに、爆弾を投下したのはリヒャルトだった。

「……まだ、気づきませんか？」

立ち去りかけたティアンネ妃は、肩越しにリヒャルトの方へと振り返った。

「少々、息苦しくありませんか？　心臓の鼓動がいつもより速くなっていませんか？」

「なっ……」

「目には目を、歯には歯をと言いますが――毒物には、毒物で返すのも、悪くありませんよね？　先ほど、ヴィオラが運んだ水を、あなたは飲んだでしょう」

儀式が始まる前、ヴィオラが運んだグラスに入っていた水は――ただの水ではなかった。

そう説明したリヒャルトは一度そこで言葉を切った。

ティアンネ妃がその言葉の意味するところを理解したと判断したところでまた続ける。

「母が盛られた毒です――ただし、本来薄めて使うものを原液のままあなたのグラスに入れたのでね。母より早く効果が出るでしょう。効き目については、ご自分の身体で確認してみてはいかがでしょうか」

悪びれる様子もなく、にっこりとするリヒャルト。

ティアンネ妃は、リヒャルトを見て、皇帝に目をやり――そしてリヒャルトに視線を戻す。両手で口もとを覆ったのは、驚愕のためなのだろうか。

「な――」

「白状すれば、解毒剤を差し上げます」

にっこりとしたリヒャルトの顔に、ティアンネ妃の悔しそうな顔。そして、彼女はヴィオラにつかみかかろうとした。素早くリヒャルトが立ちふさがる。

「この！　お前さえ、お前さえ来なければ――！　解毒剤をよこしなさい！」

「……俺は、なにもしていませんよ。水は、ただの水です。だいたい、子供に毒物の入った水を勧めさせるなんてありえないでしょうに」

あの時、あえてティアンネ妃に背を向けながら、ヴィオラは皇妃にグラスを渡した。皇妃の方も意味ありげにヴィオラに微笑んでみせることで、ティアンネ妃があの時毒を盛られたと考えるようにふたりで誘導したのだ。

「なっ……だ、だましたのねっ！」

はからずも告白した形になってしまったティアンネ妃は、なおもリヒャルトにつかみかかろうとする。そんな彼女を兵士達がしっかりと両側から押さえつけた。

「それはお互い様でしょう。ティアンネ妃」

リヒャルトの言葉に、ティアンネ妃はそれ以上の言葉を失ったみたいだった。ただ、リヒャルトを見つめる彼女の目にますます憎しみの色が強くなっただけ。

兵に引きずられるようにしてティアンネ妃は退出し、あとに残された者達は深くため息をついた。

「まったく、なんてことなのかしら。せっかくの豊穣祭がこのようなことになってしまって」

妃のひとりが、しみじみとそう言う。それに向けて、皇帝は命じた。

「大々的に宴を祝う気分ではなくなった。今宵は、内々で済ませることにしよう。余は、そなた達のうち、いずれかの宮で食事をする」

豊穣祭の日の食事に、皇帝が同席するのとしないのとでは大違いだ。

皇妃と去ったティアンネ妃をのぞいた三人の妃達は、自分のところに来てほしいと熱心に皇帝を誘い始める。

「私達は、先に戻らせていただきます、陛下。リゾルデの恵みが、あなたの上にありますように」

スカートをつまみ、足を一歩後ろに引いて優雅なお辞儀をした皇妃は、ヴィオラの方へと向き直った。

「あなたも来てくれるでしょう？　思っていたよりも時間がかかってしまったわね」

「一緒に行って、よろしいのですか？」

「当たり前よ。だって、今、あなたは私のところで暮らしているんだもの。リヒャルト、ヴィオラ姫をきちんとエスコートするのよ。もう立派な淑女なのですからね」

リヒャルトがヴィオラを連れて退室しようとした時、皇帝はリヒャルトを呼び止めた。

「今宵は、アデリナのところで過ごそうと思うのだが……皇妃は、大切にしなければならないからな」

「は、はぁ……」

リヒャルトはどうにもしまらない返しをしていたけれど、それもしかたないと思う。

だって、今さら皇妃のところに来てどうしようというのだろう。

今さら向き合おうとするくらいなら、もっと早くにきちんと向き合えばよかったのに。

「陛下！」

「わが宮にはおいでいただけないのですか？」

「そなた達の宮に行く時間は、また改めて作ろう。行くぞ、リヒャルト」

引き留めようとする妃達には手を振り、リヒャルトを促して皇帝は歩き始める。

ヴィオラは二人のあとをついて歩き始めた。

「今日は、アデリナをいたわらなくてはならないからな。ティアンネの嫌がらせに、よく耐えてくれた」

それは、先ほどヴィオラの脳裏に浮かんだ疑問の答えではあったけれど、あれを嫌がらせの範疇で済ませてしまうのはどうなんだろう。明確に殺意を持っていたとしか言えないではないか。

「アデリナも、余が行けば喜んでくれるだろう」

（それはどうかしら）

なんて意地悪なことをヴィオラは考えたけれど、リヒャルトにそう言う皇帝は、とても満足した様子だった。

けれど、戻ってきた一行を出迎えた皇妃の反応は、皇帝が期待していたものとはまるで違っていたらしい。

「まあ、陛下。どうなさったのですか？」

今の満月宮の様子は、この宮に皇帝が帰ってくるなんて誰も考えていなかったということを如実に表してしまっている。パーティーの準備をしたヴィオラもそうだった。

広間にはいくつもの大きなテーブルが配され、さまざまな料理が出されていた。

小さな携帯燃料の入った瓶の上に鍋がセットされ、保温されたスープや温かい方がおいしい料理が、適温で食べられるように工夫されている。

大量のソーセージには小さなジャガイモを丸ごと揚げたものを添えて。インゲン豆のサラダに牛肉の煮込み、白身魚のマリネ。

ムール貝のリゾット、ラザニアなどもある。

豚と鶏の丸焼きは、食べやすい大きさにカットされ、好きな部位を皿に取ることができる。その脇にあるのは、ベーコンと一緒にバターで炒め、ローズマリーで香りをつけたポテトだ。

ほうれん草とベーコンのグラタンには大きなスプーンが添えられ、好きなだけ取って食べることができる。

ヴィオラが協力したので、その他にこの国ではあまり見ない料理も並んでいた。

肉味噌のおにぎりは、厨房の料理人達に作り方を教えて握ってもらった。

焼きおにぎりは、網の上で香ばしく焼き上げた。こちらもきっと、気に入ってもらえるだろう。

煮込みハンバーグは、小さめのものをたくさん用意したし、ナスに似た野菜があったので、マーボーナス風に調理したものも作ってみた。試食を頼んだ厨房の料理人達の間では好評だったので、きっと、他の人達も気に入ってくれるはずだ。

要は、この宮で働いている人達みんなでわいわいと楽しもうということであって、皇帝を招き、厳かに行われる晩餐会など想定してなかったのである。

「まあ、陛下……どうしましょう。陛下をお招きするような準備はしていませんでしたのよ？　こちらの席にお座りになって」

広間はすでに酔っている人達で大騒ぎだった。ビールやワインも大樽ごと出されていて、今日ばかりは無礼講という雰囲気がぴったりだ。

皇妃に向けて、皇帝はバツが悪そうに笑ってみせた。

「余も、ここで食事をしてもかまわないだろうか。ここ何年かは、そなたのところで過ごすことがなかったからな」

ということは、今までは一番のお気に入りだったティアンネ妃のところで過ごしていたのだろう。

「皇妃様、もしよろしければ私がお取りしましょうか？」

皇帝がいるので緊張していたヴィオラは、こわごわと声をかけたけれど、皇妃は首を横に振った。

「いいのよ。私が自分で取り分けるわ。私の好きなお料理を、陛下にも味わっていただきたいもの」

その間も、ビールの樽が空になっただの、ワインがもっとほしいだのと使用人達も遠慮せず、それぞれ好き勝手に飲み物を手にしている。ヴィオラは子供なので、葡萄のジュースが入ったグラスを持たされる。

「リヒャルト様、あの……大丈夫ですか？」

「大丈夫だ、問題ない」

問題ないと彼は言うけれど、今になってこの場に皇帝がいることをどう思っているのだろう。

皇帝に料理を取り分けている皇妃は、皇帝のために自分の好きなものをせっせと取っているようだ。

「これは、見たことのない料理だな」

「ミナホ国の料理なんですよ、陛下。あそこにいるヴィオラ姫が、満月宮の料理人達に指導してくれましたの」

「ほう。そなたが手元に置いているというあの姫か。彼女にはいろいろと世話になってしまったな」

「ええ、ですから——国に帰すのはもったいないと思いますのよ」

なんて会話を、皇帝と皇妃が交わしているのが聞こえたけれど、そこからは意識を逸らした。

別にそこまで考えていたわけではなかったものの、皇妃がこの国に残る理由を作ってくれるというのであればありがたく受け入れる所存だ。

女官として教育を受け、皇妃にお仕えするのもいい。最初のうちは、いろいろと心配になるくらい気弱そうな女性であったけれど、今は自分の足でしっかりと立とうとしているのもわかる。そんな彼女の支えになることはできないだろうか。

「そなたは冷たいな」

不意に皇帝の言葉が聞こえて、ヴィオラは思わずそちらへ目を向ける。ちょうど、皇妃が肩をすくめたところだった。

「冷たいのではありません、陛下。今まで皇妃としての務めを果たせなかった分、今の私には、なさねばならないことがたくさんあるというだけの話です。さあ、こちらの料理はいかが？」

まさか、焼きおにぎりまで皇帝に差し出されるとは思ってもいなかった。

皇妃はにこにこ愛想よく振る舞ってはいるけれど、皇帝が期待している行動ではなかったらしい。

（……あれ、そういえば）

リヒャルトの側仕えであるセスがいない。ティアンネ妃が謹慎を申しつけられてしまったから、彼はこの場に参加しにくいんだろうか。

罪を犯したのはティアンネ妃であって、セスもリンデルトも関係ないはずなのに。

（……本当に、そうだった？）

先ほど、神殿の中で聞いた会話を思い出す。リンデルトは、ティアンネ妃になにか言われて動いていたのではなかっただろうか。そうだとしたら、セスもなにか頼まれていて、この場には顔を出せないという可能性もある。

（でも、証拠はないし。結局、あとは大人に任せるしかないんだろうなー……）

ティアンネ妃だって、謹慎に追い込むだけで終わってしまった。皇族となった人を裁くのはとても難しいことなのだ。

「母上は、父上にずいぶんつれないのだな」

「わ、リヒャルト様！」

セスがいないというのに、リヒャルトはあまり気にしている様子もないらしい。ということは、セスはリヒャルトの命令でどこかに出かけているのかもしれなかった。

皇帝と皇妃のやりとりを見ながら、彼は笑う。ヴィオラは彼を見上げて問いかけた。

「つれないですか？」

「ああ。だが、今までのことを考えたらそのくらいでちょうどいいだろう。母上は、父上より気にしている相手がすでにいるしな」

皇帝より気にしている相手って、それはまずいんじゃないだろうか。

ヴィオラが青ざめると、喉の奥で笑ったリヒャルトは、ヴィオラの頬に手をかけた。

「君のことだよ、ヴィオラ。娘のように可愛いそうだ」

「それは……嬉しいです。ありがとうございます」

この世界に来て、母には恵まれなかったけれど……以前皇妃が言ってくれたように、皇妃を母のように慕ってもいいだろうか。

それと、あともうひとつ。

（リヒャルト様も、いろいろな顔をするようになってくれた）

最初に会った時は、無表情というかすべてを諦めているような表情を見せていた彼だけれど、今は違う。

笑ってくれることがずいぶん増えた。改めてそれに気づいて、ヴィオラの胸が温かくなった。

第八章　それぞれの想いのもとに

リゾルデ豊穣祭から、十日ほどが過ぎた。

ティアンネ妃は、現在も謹慎中である。彼女の姿が見えなくなって以降、皇帝が皇妃を気にかけることがずいぶん増えたようにヴィオラの目には映っていた。

ティアンネ妃が謹慎となった今、皇妃に迫る危険も回避されたわけで、ヴィオラはクィアトール宮に戻ってもいいはずだ。だが、ヴィオラがいなくなることを嫌がったのは、皇妃だった。

「私、娘もほしかったんだもの。こちらの宮で生活するのになにか問題があるかしら？」

「そんなことはないと思うんですけど……」

他の王国から来ている王族達は、自分に与えられた建物で生活するのが慣習だ。

皇族に親類がいる場合、その屋敷に滞在することもあるらしいけれど、縁もゆかりもなかった皇妃の住まいである満月宮に滞在するのはヴィオラくらいだ。

「あなたのおかげだもの。それに……あなたがいてくれないと、ミナホ国のお菓子は食べられないもの」

皇妃の要望で、今日のティータイムに出されているのはみたらし団子だ。この国にはヨモギがあるそうなので、春になったら草餅を作るのもいいかもしれない。

皇妃がミナホ国の料理を好むということが知られてから、ミナホ国に関する情報がずいぶんたくさん入ってくるようになった。

竹串も入手することができたので、今日の団子は串団子にしてある。以前の団子はお皿に山盛りにしただけだったけれど、こうやって串にさして食べるのも楽しい。

口に入れるととろりとした甘じょっぱいタレの味、それからちょっとだけ焦がした香ばしさが口内に広がり、噛むともちっとした団子の食感を楽しむことができる。

ティーカップに注がれているのは、ミナホ国の商人から献上された緑茶だ。

緑茶とみたらし団子の相性はよく、二本、三本と手が伸びる。

「ミナホ国ではこうやっていただくのね……一度、行ってみたいわ。あの子、元気かしら……名前も覚えていないけれど」

皇妃にとって、幼い頃の友情は、今でも大切な思い出のようだ。

〈和菓子の作り方は、あまり詳しくないんだけど……皇妃様が喜んでくれるなら、

もっと教わっておけばよかった）

前世では春と秋にはおはぎを作っていたので、もち米と小豆さえ手に入れば、餡のおはぎを作ることができた。

団子は、粉の配合が大変だった。すぐに固くなってしまうので、時間をおいても固くならない配合を見つけ出すのに時間がかかってしまった。

でも、そうやってひとつひとつ実験を繰り返し、答えを見つけ出していくのは、これからもヴィオラの楽しみとなるだろう。

ヴィオラの知っている〝日本〟とは全然違うのだろうけれど、いつか、ミナホ国を訪れることができたら幸せかもしれない。

「そういえば、あなたを誘拐した件については、ティアンネ妃は認めていないのよね」

「――あの時のことは、もう忘れたいです」

王女として生まれ、継母に疎まれて、いつか殺されるのではないかと怯えていたけれど、剣が打ち合わされるのを目の当たりにした。

できることなら、あの時のことはもう忘れてしまいたいし、話題にもしたくない。

「それもあるから、あなたを外に出したくないのよ。あなたを誘拐しようとしている人が他にもいるかもしれないもの」

にっこりと皇妃が微笑むから、ヴィオラはそれ以上なにも言えなくなってしまう。

「母上、父上がお見えになりました」

一日の政務を終えたリヒャルトが戻ってくる。一緒に皇帝がいるのに気づき、ヴィオラは慌てて立ち上がった。

落ち着いた動作で立ち上がった皇妃は、皇帝に向けてゆっくりと一礼する。そんな彼女の仕草に、皇帝は見惚れているみたいだった。

「陛下。今日もお帰りになるなんて――」

「迷惑だというのか？」

言外に迷惑という雰囲気を感じ取ったのか、皇帝が眉を吊り上げた。ころころと笑った皇妃は、椅子を運び、皇帝の席を作るように命じる。

「とんでもありません。お帰りいただけると思っていなかったので、陛下の椅子を用意しておかなかったのです。申しわけありません」

「そうだな。今後は、毎日用意しておくようにしろ」

「かしこまりました」

にっこりと笑った皇妃もまた、以前とはまったく違った雰囲気が漂っている。皇帝、皇妃としての立場はともかく、夫婦としての立場は逆転してしまっているようだ。

（……これで、大丈夫なんですか？）

ちらりとリヒャルトの方に目をやり、視線でそう問いかければ、彼はなんてことないみたいに肩をすくめて返してきた。どうやら問題ないらしい。

（……夫婦喧嘩は犬も食わないって言うけど、夫婦喧嘩というのもちょっと違う気がする）

ヴィオラがやきもきしてもしかたのないことなんだろう、これは。

皇帝も、ミナホ国のお菓子には興味を持ったみたいだった。次から次へとみたらし団子を食べ、お代わりまで要求する。

よほど気に入ったらしく、皇妃が希望するならば、ミナホ国の菓子職人や料理人を雇おうかなどという話まで出てきたくらいだった。

つい一か月ほど前まで、皇妃が皇帝の冷たい仕打ちを嘆いていたのが嘘みたいだ。

「しかし、ヴィオラ姫の腕はたいしたものだな。このように、美味なものを作り出すとは」

「おいしいものを食べるのが好きなんです、陛下。幸せな気持ちになりますから」

「そうだな。そのことを、この年になってようやく知った気がする」

はたから見れば、それは平和な光景なのかもしれなかった。

皇帝と皇妃、それにふたりの間に生まれた皇太子。

そばにいるヴィオラは、ちょっぴり場違いだけれど、テーブルの上に並んでいる甘味の提供者ということで大目に見てもらいたい。

「満月宮に帰るのが楽しみで仕方ないよ」

「あらまあ陛下。あまり食べすぎては身体によくありませんよ。お腹周りのことも心配なさらなくては」

またもやころころと笑う皇妃は、完全に皇帝を手の上で転がしている。

リヒャルトはそんなふたりの様子に、少し居心地が悪そうだ。

「ところで、ヴィオラ姫。なにか願いはないか？　姫の働きには、きちんと報いなければならないからな」

これは、皇帝から好きなものを褒美に与えると言われたのと同じ意味だ。皇帝個人で叶えられる範囲であれば、どのような願い事でも叶えてもらえるだろう。

「国に帰りたければ、帰してやろう。イローウェン王国は、そもそもこの国に反抗的というわけでもないからな。そうしようか」

——帰国させられるのは困る！

普通の状況なら、きっと両手を挙げて喜んで受け入れるべき時だ。皇帝の申し出はとても寛大なもので、ヴィオラはそれを断るべきじゃない。それもちゃんとわかっているけれど、断らざるを得なかった。

「陛下――ありがとうございます。とても、嬉しいです。でも、私……帰りたくありません」

「帰りたくない、だと？　それは、皇族に取り入ることができたからか？」

皇帝が眉を上げた。たしかに、皇妃にこれだけ可愛がられていれば、皇族に取り入ることに成功したと思われても当然だ。

だが、ヴィオラが国に帰りたくない理由は他にもある。

「ち、違います、陛下。か、帰りたくないのは――」

どうしよう。どう言ったら、皇帝の不興を買わずにこの場を乗り切ることができるだろう。

「わ、私が帰りたくないのは、ご飯がおいしいからです！」

自分の口から出てきた言葉に、ヴィオラは赤面した。ご飯がおいしいから帰りたくないってどういう理由だ。

たしかに、こちらの国に来てからずいぶんおいしいものを食べられるようになったけれど、それをこの場で口に出すなんて。

「ご飯――食事のことか」

皇帝は、ヴィオラの言葉を聞いてくれるつもりはあるようなので、どうやって皇帝を納得させようか、懸命に考えながら続ける。

「そうなんです、陛下！　私、お料理が大好きで……この国で学ぶことがたくさんあると思うんです！　ですから、〝まだ〟帰りたくありません」

「だめよ、困るわ」

〝まだ〟帰りたくないと強調したヴィオラの声に重ねるように、皇妃が口を挟んだ。

「私、ヴィオラ姫の後見役になりたいと思っているんです。彼女の持っている知識は得難いものですもの。彼女の頭の中で、まだまとまっていないものも多いようですが」

おそらく、皇妃が言っているのは、ヴィオラの持っている前世の知識のこと。

それは両親と祖母との生活の中で学んだものが多かったけれど、頭の中にばらばらに入っているそれらの知識が、不意をついて出てくるのだ。

こうやって、和の食材を使った料理やお菓子もそのひとつ。

「このお団子も、彼女が試行錯誤して作ってくれたものですわ。ミナホ国の料理を、文献を見て一生懸命作ってくれたのです」

「そ、それは……」

文献を見たというのはごまかしで、前世の知識を元にしているけれど、皇妃があまりにも褒めてくれるので照れてしまった。皇妃がヴィオラを気に入ってくれているのは、とてもありがたいことだと思う。

「私、もっと勉強して、この国でお勤めがしたいです。だから――」

国に帰ったところで、ヴィオラの居場所なんて残っていない。それを口にすることはできなかったけれど。

「それに、来てもらったばかりなのに、すぐに帰すというのもおかしな話だわ。我が国で、王族にふさわしい教育を受けてもらうのでしょう?」

皇妃が味方をしてくれて、国に帰るという選択肢はなくなった。

皇帝も、ミナホ国の料理を楽しんでくれたようで、それからあとはミナホ国の食材や調味料、料理の仕方について次から次へとヴィオラに問いかけてくる。なんでも、先日、この宮を訪れた時に食べた煮込みハンバーグが忘れられないのだとか。

合わせるソースを変えることでさらに味の変化を楽しめるから、きっと、ハンバーグも今後広がっていく。

お茶の時間を堪能した皇帝は、部屋を出ていく時にヴィオラを呼んだ。ついてくるようにと命じた皇帝は、そのまま玄関の方に向かう。

（何の用なんだろう……）

皇帝みずから、ヴィオラを呼ぶなんてあまりいい予感はしない。皇帝の命令には逆らえなかったから、一歩後をついて皇帝に続く。

長い廊下を歩いていた皇帝は、不意に足を止めてヴィオラの方を振り返った。

「そなたは、アデリナになにをしたのだ？」

「なにも……してません……」

まるで皇妃に害をなしたと言われているみたいだ。皇帝の顔を正面から見るのは怖くて、ついうつむきがちになる。

ヴィオラの行動を、皇帝は逆の意味にとったみたいだった。

「いや、そなたを責めているわけではないのだ。ウルミナ王国が滅びたあと、アデリナは落ち込むばかりでな。余との会話も、なかなか難しいものがあった」

国が滅びたというのならば、きっと家族や友人の多くを失くしたのだろう。そんな中、皇妃が笑顔を失っていったのもわかるような気がした。

「だが、先日久しぶりに顔を合わせた皇妃は、とても雰囲気が柔らかくなっていた。十も二十も若返ったかのように生き生きとして。そなたがなにかしたのではないか？」

心当たりなどまるでないので、ヴィオラは困ってしまったけれど、ひとつだけ思い当たることがあるとすれば。

「おいしいご飯を食べているからかもしれません、陛下」

「たしかに、そなたの考える料理はうまい」

「そうじゃないんです、陛下。みんなで食べるご飯って、とてもおいしいんです。皇妃様は、ずっとひとりでご飯を食べていたみたいで」

〝食事をする〟ではなく〝ご飯を食べる〟とあえて子供らしい言葉を選ぶ。もちろん、今のヴィオラは子供だし、その方が皇帝にも自然に受け取ってもらえるような気がして。

「私も、そうです……皇妃様が、一緒にご飯を食べようって言ってくれて嬉しかった、です。陛下もそうは思いませんか？　みんなで食べるご飯はおいしいって」

「みんなで食べるご飯、か。余には縁のない言葉であったな」

皇帝が他の妃と食事をすることはあっても、今の満月宮での食事のように和気あいあいというものではない。しんとした部屋の中で、妃とその妃の産んだ子供達と食事をするだけ。

他の妃は、皇帝の寵愛を得るのに必死だから、皇妃との食事とはまるで違うのだろう。

「リヒャルト様も、皇妃様と一緒にいて幸せなんだと思います。おいしいご飯は、家族円満の秘訣なんですよ？」

おいしいご飯とは、調理の腕だけを指すんじゃない。ちょっと肉じゃがが焦げていても、から揚げが揚げすぎでも。

「ごめん、次は失敗しないようにするから」

「大丈夫だよ。このままでも十分おいしい」

そんな会話があれば、和気あいあいと過ごせるのだ。少なくとも、前世の家族はそうだった。

皇帝と妃達の間に根本的に欠けていたのは、食卓を楽しいものにしようとする意志なんじゃないだろうか。

（たぶん、すごく難しいとは思うんだけど……）

そこには皇帝一族ならではの威厳のようなものも必要だろうから、庶民と同じようにはいかないだろう。それはヴィオラもわかっているので、うかつなことは口にできなかった。

「余も、そこに交ざることができるだろうか」

「それは……」

ヴィオラは困ってしまった。たぶん、皇妃にとって、皇帝というのはさほど重視しなければならない相手ではなくなっているのだと思う。

もちろん、夫というか伴侶というか。そういった立場にある人として、きちんと礼儀を守ったやりとりをするつもりはあるだろう。けれど、以前のように皇帝が自分のところに来てくれないことを嘆く気持ちはもうなさそうだ。

先日も今日も、皇帝とのやりとりには、皇妃のそういった意志が透けて見えるような気がした。

皇帝が皇妃との関係を変えていきたいと思うのは、よかったと思うけれど。

満月宮で暮らしている人達の輪の中に、皇帝が入るのはまだ難しいような気がする。

だから——ヴィオラは、所在なさげにしている皇帝に、あいまいな微笑みを浮かべながら、頭を下げて見送ることしかできなかった。

＊　＊　＊

その日の夜、ヴィオラはベッドに横になって考え込んでいた。

(……これで、一件落着、かな……)

皇妃はもう望んでいないとはいえ、皇帝が皇妃を重視する立場をとるのだとしたら、リヒャルトの地位は、ますます安定したものとなっていくのだろう。それは喜ばしいことだし、この国が安定するのなら大陸全体の平和にもつながっていく。

それよりも今、ヴィオラが怖いのは。

(これから、ティアンネ妃がどう出てくるかなのよね……)

謹慎から戻ってきたところで、皇帝のお気に入りの座を取り戻すことはできないだろう。皇帝が、皇妃との距離を詰めたいと口にしたのがその証拠だ。

ただ、ティアンネ妃も、この皇宮で二十年以上生きのびてきた人だ。彼女の手足となる人物は、きっとあちこちにいる。

(ううん、協力者が誰もいないって方が不自然だと思う……)

それが、どこの誰なのかヴィオラに探り出すすべはないけれど、表に出てきていないだけで、きっと、協力者は存在するのだろう。

(やめやめ。考えてもしかたないし……)

そんなことよりも、もっと楽しいことに頭を使った方がいい。

扉一枚隔てた向こう側の部屋には、ニイファがひとりで寝ている。

ニイファも、本当によくやってくれている。

これまでヴィオラがなんとかやってこられたのは、ニイファの手腕によるところが大きい。

(ニイファにも、お礼をしたいわよね。新しいドレスなんてどうかな……?)

こういう場合には、主がドレスを下げ渡すものだが、ヴィオラの方が圧倒的に小柄なので、ニイファに譲れるドレスはない。

皇妃から今までの働きのお礼をたくさんもらったので、ニイファに新しいドレスを仕立ててあげるくらいの余裕はできた。

それがいい——と暗闇の中、ヴィオラがひとり微笑んだ時だった。

かたん、と部屋の中のどこかから小さな音がしたような気がする。音を立てるようなものはこの部屋には置いていない。

いったいなんだろう——気のせいか? 暗い中で目を瞬かせて考え込む。

だが、気のせいではなかったことはすぐに判明した。ひやりとした夜の空気が、ヴィオラの頬を撫でていったからだ。

リゾルデ豊穣祭は、秋の終わりに行われる。だから、豊穣祭が終わってしまえば、すぐに真冬の寒さになる年も多い。

ヴィオラの頬を撫でていった空気は、あまりにも冷たく、窓が開けられたのだとわかった。ひそやかに、床の上に降り立つ足音が続く。

「だ、誰……？　誰かいるの……？」

ベッドで身を起こし、こわごわと問いかけた。呼吸がせわしなくなっているのが自分でもわかる。

窓から下りた足音が、こちらへと近づいてくる。ベッドの上で身体をずらし、足音から距離をとろうとした。

「まさか、起きていたのか。音を立てないように入ったつもりだったんだけどな」

「……セス？」

その声の主は、リヒャルトの忠実な部下であるセスだった。

けれど、彼がなぜ、こんな深夜にヴィオラの部屋に押しかけてきているのだろう。

理由がわからなくて、毛布を自分の方に引き寄せる。ふわふわとした感触に包まれていたら、少しだけでも守られているような気がした。

「……どうして？」

そう問いかけるヴィオラの声もまた、かすれていた。

セスが、どうして、この場所に。

何度も同じ問いが頭の中をぐるぐると回る。

そんなヴィオラに向かい、セスは手を伸ばしてきた。

ベッドの上で後退するけれど、そんなことでは逃れられるはずもない。

悲鳴を上げようとしたら、ひと息にベッドに飛び乗ってきた彼は、大きな手でヴィオラの口を塞いだ。

「んー！　んんー！」

必死に手足をばたばたさせるけれど、幼い少女と騎士の体力の差は明らかだ。

もがいても、もがいても、彼はヴィオラの口から手を離そうとはしなかった。

「俺個人は、あなたには恨みはないんですよ、ヴィオラ様――それどころか、好ましい少女だと思ってました」

そんなことをセスは言うけれど、ヴィオラの身体を押さえつけての発言だから説得力なんて皆無だ。

「でも、俺は――トロネディア王国の人間なんです。トロネディア王国の邪魔をする者を生かしておくわけにはいかない。だから、一緒に来てもらいます」

「な、なんで……？」

セスの手が口から離れたので、ようやくそれだけを問いかける。ばたばた暴れていたから、完全に息が上がっていた。ヴィオラが弱っているのを見越して、セスも手を離してくれたのだろう。

「ああ、あなたを連れて行って、なんの益があるのか気にしてるんですね。ここで殺してもいいんですが、死体が存在しない方が、いろいろと利用価値はあるでしょう?」

ここで殺してもいい。

死体が存在しない方が、利用価値がある。

そんなことをなんでもないことみたいに軽く言うから、ヴィオラの背筋は凍りついた。

これまであまり意識していなかったけれど、やはり彼も軍人ということか。

「わ、私を……っ、連れて行くの……?」

「痛い思いをしたくなければ、おとなしくしていてください。その方が、生き残る確率は高くなりますよ。賢いあなたなら、そのくらいの計算はできるでしょう」

喉にかかる彼の手に、わずかに力がこもる。ヴィオラは降伏の意を込めて手を上げた。

「……わかった」

彼の言うことに従うのはとても癪ではある。だが、この場で殺されるのではなく、どこかへ連れ出すというのなら、途中で逃げ出すチャンスがあるかもしれない。逃げるチャンスを得られなかったとしても、以前のように救出してもらえる可能性だってある。選択肢はひとつだった。

「では、失礼します。暴れたら――殺しますよ？」

低い声で囁いた彼は、本気だった。言葉に含まれた鋭い刃。その刃がヴィオラを貫く。

身体が固まって動けなくなっているヴィオラを彼が抱え上げようとした時だった。

「――そこまでだ！」

鋭い声がした瞬間、ヴィオラにかまけて完全に無防備になっていたセスが勢いよく吹き飛ぶ。

「残念だよ、セス。俺は、お前が関わっていない方にかけていたんだ。だから、お前をこの件からは遠ざけておいたのに」

「ヴィオラ、こちらに！」

「――リヒャルト様！」

凍りついたヴィオラの身体を、一瞬にして溶かしたのはリヒャルトだった。彼の名を口にするだけで勇気づけられるみたいだ。

驚くほど軽く、体が動く。ベッドから転がり落ちるようにして、リヒャルトの後ろに回り込んだ。

「絶対に、俺の前に出るな」

うめき声を上げながら、セスが立ち上がった。

リヒャルトを見つめる彼の目に、どうしようもないくらいに獰猛な光が宿る。

「まったく……あなたが俺を疑っているのはわかっていたのに。監視の目が緩んだと思った俺の過ちですか」

「まさか、ヴィオラを手にかけようとするとは思ってもいなかった。子供を利用するとは、ずいぶんな手を使うものだな」

「そもそも、ヴィオラ姫がこの国に来たのが発端なので。ティアンネ様も、計算を誤ったということなんでしょうが……」

トロネディア王国と、イローウェン王国の間の戦に、帝国が口を挟むのは想定外の出来事であった。それも、イローウェン王国に譲歩した形で条約を締結することになるとは。

それだけならまだよかった。

ティアンネ妃が皇妃の座につくことに成功すれば、その程度の損失ならいくらでも取り戻すことができる。皇妃の権力は、他の妃が持つ権力よりも格段に上なのだ。

その第一歩として、皇妃を引きずり落とす。その計画を立てていたのに、その計画は打ち砕かれてしまった。

よりによって、イローウェン王国から人質としてやってきた少女に。

「……ヴィオラに罪はないぞ」

「わかっていますよ、そんなこと――ですが、皇妃を輩出するというのは、我が国の悲願だったのですよ。あなたの妃となる新しい娘を送り込むにしてもね」

皇族であれば複数人、妃を迎えることができるけれど、現実的には五人が限界ではないだろうか。

現在の皇帝は五人の妃を持っているが、その彼でさえも妃達の待遇に差ができてしまっている。

だが、その五人の中に選ばれるというだけでも大変なのだ。

今、この皇宮に送り込まれている王族貴族のうち、王族や貴族令嬢といったリヒャルトの結婚相手の候補は十名以上いる。

トロネディア王国の女性をリヒャルトの妃に押し込みたいのであれば、ティアンネ妃が皇妃となっていた方が有利だ。

ティアンネ妃が果たせなかったことを、次の代で果たす。そのためにも、まずは皇妃になる必要があった。

それがセスが行動を起こした理由だ。

「――お前は、半分は帝国の人間なんだけどな」

「殿下に対する忠誠心も嘘ではありませんでしたよ。もし、戦場に出ることがあれば――相手がわが祖国でなければ、全力でお守りさせていただきました」

セスが背負っているものは、あまりにも重かったのかもしれない。不意にヴィオラはそう思う。

セスの父親であるリンデルトは、ティアンネ妃の輿入れに際してこちらの国に来た人間だ。

たまたま帝国貴族の娘と縁組することになり、帝国貴族の地位も得たわけであるけれど、外国からやってきた彼に対する風当たりは、そうとう強かったのかもしれない。

――ヴィオラが思っている以上に。

「剣を引け、セス。今なら、まだお前の処分に口をきいてやることができる。俺の警護の座からは外れても、他にお前の能力を役立てられるところが――」

「あなたはわかっていない！」

その鋭い剣の一撃は、ヴィオラの目には光が走ったようにしか見えなかった。ほの暗い部屋の中、むき出しになった剣の刃だけがわずかな光を反射して煌めく。

その煌めきを、なんてことないみたいにリヒャルトは受け止めていた。

「――あなたは、わかっていませんよ。俺が、そのような申し入れを受けられると?」

「そうだな、お前に対して失礼だった。だが、ここでヴィオラを連れて行かせるわけにはいかない。大切な預かりものなのだからな!」

ヴィオラは声を上げることもできず、胸の前で手を組み合わせ、その光景を見守ることしかできなかった。

セスが踏み込み、リヒャルトがそれを横に流す。

すさまじい勢いで振り下ろされたリヒャルトの剣を、セスががっちりと受け止める。

力比べになったかと思ったら、双方は勢いよく後方に飛び退き、また剣を構えたかと思うと刃が交わる。

(……どうし、よう……!)

声が出ない。怖いのに、目を逸らすこともできない。

ただ、ヴィオラのためにリヒャルトが剣を振るうのを見ていることしかできない。

自分は、なんて弱い存在なんだろう。

一進一退の攻防が続いているように思えた。どちらが強いのかもわからない。

ただ、どちらも引く気はないということだけは理解できた。

「リヒャルト様、リヒャルト様……」

ようやく少しずつ、声が出るようになってくる。

彼には、何度命を救われるんだろう。

湖に落ちた時も。男達に拉致された時も。そして、今も。

常にヴィオラのそばには彼がいてくれた。

誰よりも大切で——そして。

どうか、どうか、彼が勝ちますように。

ヴィオラのその願いを、天が聞いてくれたみたいだった。高い音がしたかと思ったら、弾かれて床に落ちたのはセスの剣。そして、その喉には、リヒャルトの剣の切っ先が突きつけられている。

「——お前の負けだ」

「殿下には、かないませんね。絶対に負けられないと思っていたはずなのに」

そうつぶやいたセスは、意外なほどにすっきりとした表情をしているようだった。

「俺の負けです、殿下。処分はどのようにでもしてください。この場で首を切られても、文句は言いませんから」

冗談めかした口調で、セスは言ってのける。

「そんなこと、するはずないだろう。お前は、お前の罪をしっかりと覚えておけばいい。そして、全力で償え」

そう言うリヒャルトに、セスは返す言葉を持たないようだった。

＊　＊　＊

「私、ヴィオラ様をお守りする役には立てなかったんですね……」

ニイファがしょんぼりしているので、申しわけない気がしてきてしまう。

ニイファは、騒ぎの間ぐっすりと眠り込んでいて、翌朝になるまでヴィオラが襲われたことに気づかなかった。

「しかたないわ。セスは窓から入ってきたのだもの」

ここは三階だ。まさか、窓からセスが入ってくるとは誰も想像していなかったに違いない。

「私、リヒャルト様のところに行ってくる」

「……理由が必要ですよ、ヴィオラ様」

リヒャルトの様子を見に行こうとしたら、ニイファにそう言って止められた。

昨日の今日だ。リヒャルトが落ち込んでいるのではないかと心配になって様子を見に行こうとしていたのを、ニイファはすぐに気づいたようだ。

「ヴィオラ様が心配するのもわかりますけどね」

「……やっぱり、迷惑だと思う？」

ニイファの言葉に、ヴィオラはしょんぼりしてしまった。

自分がまだ子供なのはわかる。だから、こんな風にリヒャルトの様子を見に行こうとしても止められてしまうのではないだろうか。

「そんなことありませんよ。ヴィオラ様。クッキーを焼きましょう」

「……はい？」

「クッキーです。ヴィオラ様が焼いたクッキーを届けたと言えば、そんなに不自然ではありません」

リヒャルトはさほど甘いものは好まないけれど、ヴィオラが作った菓子は比較的よく食べてくれる。

それは、ヴィオラに対する気遣いのような気もするけれど、少なくとも彼に会いに行く理由にはなる。

「そ、そう？　……それなら、クッキーを焼こうかな……」

生地を寝かせる時間がもったいないから、混ぜた生地を、そのままスプーンでぼとぼと落として焼くドロップタイプのクッキーにする。

レーズンをたっぷり入れたのは、砂糖の甘さよりドライフルーツの甘さをリヒャルトが好むからだ。

焼きたてのクッキーを籠に山盛りに詰めて、リヒャルトが仕事をしている部屋へと向かった。

そろそろ一度、休憩をはさむ頃合いだ。彼がどう受け止めてくれるかはわからないけれど、少しでも力になれたらいいと思う。

（皇妃様は、どう考えているんだろう……）

リヒャルトに、彼女ならきっと寄り添ってくれる気もするが、セスをリヒャルトの側仕えにするのを許したのは彼女だというから、彼女もまた複雑な気持ちかもしれない。

「リヒャルト様、ヴィオラです。入ってもよろしいでしょうか？」

「ああ、ちょうど休憩にしようと思っていたところだ」

部屋に入ると、ちょうどリヒャルトが立ち上がったところだった。この部屋には、机がもうひとつ置いてあって、そこが皇妃が執務を行う場所となっている。

「皇妃様も、ごきげんよう。ニイファと一緒にクッキーを焼いたので、お裾分けです」

「あら、嬉しいわ。ふふ、素朴なお菓子なのね」

時間がなかったので——とは言えなかったけれど、皇妃はすぐに気づいたみたいだった。上半身をかがめ、ヴィオラにひそひそとささやく。

「あなたがこうやってリヒャルトを気遣ってくれるの、私はとても嬉しいと思っているのよ」

「私が、勝手に心配しただけです……」

どうも皇妃は、ヴィオラの行動をいい方向、いい方向に捉えようとする節があるのではないだろうか。

「せっかく、ヴィオラがお菓子を焼いてくれたんだものね。今日の昼食会は始まる時間が遅めだし、せっかくだからこれをいただきましょうか」

皇妃が侍女を呼び、お茶を用意するように言いつける。

お茶の用意がされるのを待ちながら、話題は昨日のことへと移っていた。

「セスがヴィオラを連れて行こうとしたのは——やはり、ティアンネ妃絡みだそうだ。父上は、ティアンネ妃を離宮にやると決めたから、その前にヴィオラを連れ出すつもりだったらしい。ヴィオラ個人への復讐というつもりだったようだ」

ティアンネ妃が送られる離宮は、ここからひと月ほども旅をした場所にあるらしい。帝国に征服された国の王城だった建物で、とても厳重に警備されているのだとか。

一度入ったら出るのは難しいし、外部と連絡を取るのも難しくなる。ティアンネ妃を離縁しないのは、それでもトロネディア王国に配慮した結果なのだとか。

〝お前のところの王族は、こちらが許すまで飼い殺し決定だ〟と突きつけてもいるわけで、トロネディア王国内はティアンネ妃の扱いにつき、これから騒動になるのではないかとリヒャルトは言った。

「……そう。あの方も、務めはきちんと果たして――いえ、私が手を回せなかった分まできちんとやってくださっていたのに」

残念だ、と皇妃はため息をついた。

彼女とは二十年以上、同じ男性の妻として肩を並べていたわけで、きっと思うところはいろいろあるのだろう。

皇妃は内面を見せないけれど、それでも複雑な気持ちにはなるはずだ。

前回ヴィオラが拉致された一件については、ティアンネ妃ではなく、リンデルトの計画だったらしい。リンデルトは、かなりの権限をティアンネ妃から与えられていたようで、ティアンネ妃の知らないままに進められていたのだとか。

あのままヴィオラが〝行方不明〟となれば、皇妃は再びこもりがちになるだろう。

それに、イローウェン王国に対する皇帝の心証が悪くなれば、イローウェン王国に対する意趣返しもできるという計画だったそうだ。

セスはリンデルトからその計画について聞かされていたけれど、思っていたより早くヴィオラの行方不明が発覚したため、救出に加わざるを得なかったのだという話だった。

どうりで、ティアンネ妃は認めていないわけだ。

一点だけ。この国に来る時、道中で受けた襲撃への関わりについては全員が否定している。

ということは、単なる盗賊なのか――それとも、ヴィオラを亡き者にしようとしたザーラの計画なのか。

それについては、真相の究明は難しいだろうけれど、これ以上追及することもできないだろう。少なくともしばらくの間は。

皇妃が首をかしげてつぶやいた。

「……リンデルトとセスはどうなるのかしら」

「彼らは、国外追放になるのではないかと。もっとも、もうしばらくは背後関係を聞き出すために、騎士団で尋問されることになりますが」

親友を失うことになったリヒャルトは、やはりヴィオラには計り知れないほどつらい思いを抱えているようだ。

（……そういえば）

「リヒャルト様、私、まだお礼を言っていませんでした。助けてくださって、ありがとうございます」

彼には、何度も命を救われている。どれだけ感謝しても足りないくらいだ。

ひょっとしたら、ヴィオラはここで、リヒャルトを陰から支える存在として生きていくことができるのかもしれない。

彼の恋人や妃になりたいなんて、そんなことは望まない。

「……当たり前だろう。俺が、満月宮に君を呼んだんだから」

そう返す彼の顔を見つめ、そしてゆっくりとヴィオラは微笑んだ。

（……いつか、この想いを口にすることだけは許されますように）

ヴィオラはあまりにも子供だから、今はまだ、伝えることもできない。

そんなふたりを皇妃が微笑ましく見守っていることに、ヴィオラは気がついていなかった。

今は、少しでもこの穏やかな日々が続くことを祈るだけ。

エピローグ

リヒャルトの予想通り、リンデルトとセスは国外追放となった。

二度とこの国に足を踏み入れることは許されない。父子がどこに向かったのか、ヴィオラは知らされていないし、知る機会もない。彼らが自分の罪を償ったと思う日が来ることを願うしかなかった。

ティアンネ妃も皇宮を去った。彼女は、イローウェン王国との国境近くにある離宮に送られた。

なんて因果なんだろう。

ティアンネ妃は、皇帝の許しがあるまで、そこから出ることは許されない。

いや、遠く離れた場所に送られたというだけではない。その城にある高い塔に幽閉されて過ごすのだそうだ。

いつか、彼女が自分の罪を認める日が来たら、塔から出ることを許されて、離宮の中くらいは好きなように過ごすことができるようになるかもしれないけれど、その日は当分来そうにもない。

そして、ヴィオラはといえば。

皇妃預かりで行儀見習いをすることになっている。王族としての勉強だけではなく、いずれは皇妃付きの侍女や皇宮で働く女官といった立場につくための勉強もさせてもらえることになった。

侍女や女官であっても、自分の侍女を雇うのは不可能ではないから、ニイファもヴィオラのそばで働くことができる。

ヴィオラとしては、自分の国に帰らないで済むことだし、前途洋々だと思っていたけれど、物事はヴィオラの思うようには進まないようだった。

その日の勉強を終え、満月宮に戻ってきたヴィオラを皇妃が呼び寄せる。

「こちらにいらっしゃい。あなたの新しいドレスを仕立てるから、デザインを決めましょう」

「はい、皇妃様」

皇妃に連いていった先では、政務を満月宮に持ち帰ってきたリヒャルトが、書類を手に、窓際のテーブルに座っていた。

(……リヒャルト様が、こっちに来ることも増えたわよね)

ヴィオラにつきそっていたニイファは、皇妃の侍女と協力してきぱきと動き始め、あっという間にお茶の用意がされるのも、この頃ではよくみられる光景だ。

「ねえ、ヴィオラ。このデザインはどう？」

皇妃の差し出したデザイン帳には、フリルとレースとリボンがたくさん使われた、人形に着せるような愛らしいドレスが何着も描かれている。

「……ちょっと子供っぽすぎると思います……ねえ、ニイファ？」

「ヴィオラ様には、とてもお似合いだと思いますけど……」

ヴィオラをもう少し子供にとどめておきたいらしいニイファから見ればちょうどいいのだろうけれど、早く大人になりたいヴィオラからすれば物足りない。

「リヒャルト、あなたはどう思う？」

「ヴィオラに似合っていれば、なんでもいいと思いますよ」

皇妃の向かいの席についたリヒャルトは、紅茶の入ったカップを手に優雅に微笑む。

皇妃は、そんなリヒャルトにむくれたような顔を向けた。

以前と比べると、皇妃もリヒャルトも感情を素直に表情に出すようになってきた気がする。

「気のない返事ね。ねえ、ヴィオラ。リヒャルトを夫にする気はない？」

「私、子供なので無理です」

ヴィオラは、皇妃の言葉にきっぱりと反論した。まだ、結婚するにはヴィオラは幼すぎる。

というより、ヴィオラのドレスを選ぶ話から、なぜ、リヒャルトを夫にする話になっているのだろう。

「今すぐにとは言わないわ。そうね、あと四、五年したら……十六歳と二十八歳なら、問題ないと思うのよ」

「そ、それもちょっと……」

この世界では、十二歳差の夫婦なんて珍しくない。それに、王族ならば、形式として結婚だけしておいて、きちんとした夫婦になるのはその先ということも多い。

だけど、ヴィオラが望んでいるのはそんなことではないのだ。

「母上。ヴィオラをあまり困らせないでください。ヴィオラからしたら、俺が年上すぎるんでしょう」

「リヒャルト……あなたまで、そんなことを言うのね。私の娘も同然なんだもの。手の届くところに置いておきたがるのは当然でしょう?」

なんて話をしていたら、使用人が皇帝の訪れを告げる。

あれ以来、皇帝は週の半分ほどを満月宮で過ごすようになっていた。他の妃達をないがしろにできないので、毎晩満月宮に帰ってくるわけにはいかないらしい。

「では、母上。父上とごゆっくりどうぞ。俺は、ご挨拶をしたら、ヴィオラを図書室に連れて行きます。いいよな、ヴィオラ」

「――はいっ！」

リヒャルトが手を差し出してくれて、ヴィオラはその手を取る。

今は、これで十分だ。

リヒャルトがいて、ニイファがいて、皇妃がいて――そして、時々顔を出す皇帝もいて。ゆったりとした時間を過ごせればそれでいい。

(私、今でも幸せすぎるくらいだから)

だから、ずっとみんなが笑っていられますように。

ヴィオラは、強く願った。

END

あとがき

雨宮れんです。この本をお手に取ってくださり、ありがとうございます。

最初「異世界ファンタジーでお料理物」と聞いた時、どう展開させるのか悩んだのですが主人公のヴィオラに絶対的な味覚を持たせることでお話が急に動き始めました。

作中出てくる食材の中には、ソメカイタケをはじめ、空想上のものが多数あります。どうしようか迷ったのですが、異世界が舞台だし、毒性のあるものをリアルに出すというのに少し抵抗があって架空の名前をつけることにしました。

そして、作中にどの料理を出そうかと考えた時、「何が作れるのかな?」とちょっと考えてしまいました。便利な調理器具がないので、作れるものに限界があると思ったんですよね。いろいろ考えた末に、「ダッチオーブンで作れるものならいける!」という結論に行きついたのですが、ダッチオーブンでかなりいろいろな料理が作れるので、心配する必要はなかったかもしれません。

さて、咲綾の両親の店では、世界各国の料理を限定メニューで出しています。日本全国の郷土料理やB級グルメもその対象です。今、ヴィオラが生きている世界では手に入らない調味料も多いので、そのまま再現するわけにはいかなそうですが、次の機会があれば出してみたい料理やスイーツもまだまだあります。

今回、カバーイラストは、サカノ景子先生が担当してくださいました。「リボンとフリルとレースに埋もれた幼女」という私の無茶なリクエストを、完璧に叶えてくださっています。軽々とヴィオラを抱えあげているリヒャルトもとても素敵です。

完成したカバーイラストを拝見した時、担当編集者様へのメールに「サカノ先生って天上にお住まいなんでしょうか」と真顔で書いたくらい可愛らしいです。お忙しい中お引き受けくださりありがとうございました。

担当編集者様、大変ご迷惑おかけしました。今回、細かい部分での直しが本当に多くて……無事刊行することができてほっとしています。ありがとうございました。

ここまでお付き合いくださった読者の皆様、ありがとうございました。主人公が子供なのでいつもと違う雰囲気になっていますが、楽しんでいただけたらと思います。

今年はベリーズカフェを中心に活動していきたいと思っているので、サイトでまたお目にかかれたら嬉しいです。もう一度お礼申し上げます。ありがとうございました。

雨宮《あまみや》れん

雨宮れん先生への
ファンレターのあて先

〒104-0031
東京都中央区京橋1-3-1
八重洲口大栄ビル7F
スターツ出版株式会社　書籍編集部　気付

雨宮れん 先生

本書へのご意見をお聞かせください

お買い上げいただき、ありがとうございます。
今後の編集の参考にさせていただきますので、
アンケートにお答えいただければ幸いです。

下記URLまたはQRコードから
アンケートページへお入りください。
https://www.berrys-cafe.jp/static/etc/bb

転生王女のまったりのんびり!? 異世界レシピ

2019年3月10日　初版第1刷発行

著　者　雨宮れん
©Ren Amamiya 2019

発行人　松島 滋
デザイン　hive & co.,ltd.
校　正　株式会社鷗来堂
編集協力　平林理奈
編　集　福島史子
発行所　スターツ出版株式会社
〒104-0031
東京都中央区京橋1-3-1　八重洲口大栄ビル7F
TEL　出版マーケティンググループ 03-6202-0386
(ご注文等に関するお問い合わせ)
URL　https://starts-pub.jp/

印刷所　大日本印刷株式会社

Printed in Japan

ISBN 978-4-8137-0644-1　C0193

ベリーズ文庫 2019年3月発売

『お見合い婚　俺様外科医に嫁ぐことになりました』　紅《くれない》カオル・著

お弁当屋の看板娘・千花は、ある日父親から無理やりお見合いをさせられることに。相手はお店の常連で、近くの総合病院の御曹司である敏腕外科医の久城だった。千花の気持ちなどお構いなしに強引に結婚を進めた彼は、「5回キスするまでに、俺を好きにさせてやる」と色気たっぷりに宣戦布告をしてきて…

ISBN 978-4-8137-0637-3／定価：本体640円＋税

『次期家元は無垢な許嫁が愛しくてたまらない』　若菜《わかな》モモ・著

高名な陶芸家の孫娘・茉莉花は、実家を訪れた華道の次期家元・伊蕗と出会う。そこで祖父から、実はふたりは許婚だと知らされて…その場で結婚を快諾する伊蕗に驚くが、茉莉花も彼にひと目惚れ。交際0日でいきなり婚約期間がスタートする。甘い逢瀬を重ねるにつれ、茉莉花は彼の大人の余裕に陥落寸前…!?

ISBN 978-4-8137-0638-0／定価：本体640円＋税

『極上御曹司のイジワルな溺愛』　日向野《ひなたの》ジュン・著

仕事人間で彼氏なしの椛は、勤務中に貧血で倒れてしまう。そんな椛を介抱してくれたのは、イケメン副社長・矢嶌だった。そのまま彼の家で面倒を見てもらうことになり、まさかの同棲生活がスタート！　仕事に厳しく苦手なタイプだと思っていたけれど、「お前を俺のものにする」と甘く大胆に迫ってきて…!?

ISBN 978-4-8137-0639-7／定価：本体650円＋税

『愛育同居～エリート社長は年下妻を独占欲で染め上げたい～』　藍里《あいさと》まめ・著

下宿屋の娘・有紀子は祖父母が亡くなり、下宿を畳むことに。すると元・住人のイケメン紳士・桐島に「ここは僕が買う、その代わり毎日ご飯を作って」と交換条件で迫られ、まさかのふたり暮らしがスタート!?　しかも彼は有名製菓会社の御曹司だと判明！「もう遠慮しない」――突然の溺愛宣言に陥落寸前!?

ISBN 978-4-8137-0640-3／定価：本体630円＋税

『ベリーズ文庫 溺甘アンソロジー2 極上オフィスラブ』

「オフィスラブ」をテーマに、ベリーズ文庫人気作家のあさぎ千夜春、佐倉伊織、水守恵蓮、高田ちさき、白石さよが書き下ろす魅惑の溺甘アンソロジー！　御曹司、副社長、CEOなどハイスペック男子とオフィス内で繰り広げるとっておきの大人の極上ラブストーリー5作品を収録！

ISBN 978-4-8137-0641-0／定価：本体660円＋税

タイトル、価格等は変更になることがございますのでご了承ください。

ベリーズ文庫 2019年4月発売予定

『ワンコ系令嬢の失せもの探し～運命の恋、見つけました～』 坂野真夢《さかのまむ》・著

Now Printing

事故をきっかけに前世の記憶を取り戻した男爵令嬢ロザリー。ところが、それはまさかの犬の記憶!? さらに犬並みの嗅覚を手に入れたロザリーは、自分探しの旅に出ることに。たどり着いた宿屋【切り株亭】で、客の失くしものを見つけ出したことから、宿屋の看板娘になっていき…。ほっこり異世界ファンタジー！

ISBN 978-4-8137-0659-5／予価600円＋税

『異世界トリップで出会った皇子さまは女ったらしっ？』 若菜《わかな》モモ・著

Now Printing

剣道が得意な桜子は、ある日トラックにはねられそうになり…目覚めると、そこは見知らぬ異世界!? 襲ってきた賊たちを竹刀で倒したら、超絶美形の皇子ディオンに気に入られ、宮殿に連れていかれる。日本に帰る方法を探す中、何者かの陰謀でディオンの暗殺騒動が勃発。桜子も権力争いに巻き込まれていき…!?

ISBN 978-4-8137-0660-1／予価600円＋税